KB013032

건축의 신 8

반자개 장편 소설

초판 1쇄 찍은 날 | 2016년 12월 14일
초판 1쇄 펴낸 날 | 2016년 12월 21일

지은이 | 반자개
펴낸이 | 예경원

기획 | 위시북스
편집책임 | 박우진
편집 | 이즈플러스

펴낸곳 | 예원북스
등록번호 | 제396-2012-000132호
등록일자 | 2012. 7. 25
KFN | 제1-052호

주소 | 경기도 고양시 일산동구 호수로 646-24 위너스21Ⅱ빌딩 206A호 (우)10401
전화 | 031-819-9431 팩스 | 031-817-9432
E-mail | yewonbooks@naver.com

ISBN 979-11-5845-309-1 04810
       979-11-5845-549-1 (set)

반자개 장편 소설

WISHBOOKS MODERN FANTASY STORY

건축의 신

8

Wish Books

CONTENTS

건축의

53장
기둥은 꼭 있어야
하는가?(5)

주차장 옆에 크게 프린트한 현수막이 걸려 있었다.

〈기획 특집 - 명사 초대석. 총 3부 제작.〉

출연 : 프랭크 베리. (프리츠커 수상자)

1부 - 명사와 명사의 만남.

2부 - 울산의 미래를 말하다.

3부 - 한국 건축가들과의 대화

-전국적 생방송 예정-

주차장에는 방송사에서 나온 차들과 사람으로 발 디딜 틈이 없었다.

"햐, 진 교수. 사람이 많이들 왔구만."

"공중파에서 특집으로 기획을 했다고 했으니, 사람들이 몰릴 만합니다."

"그랬지. 자네 때문에 내가 덕을 많이 보는구만."

방송 현장에 도착한 진 교수와 그의 선배, 한건협 회장이었다.

주변을 둘러보던 그들이 건물 안으로 들어섰다.

"이건 뭐지? 벽도 하나 없고, 강당만 덜렁 있네."

"그러게 말입니다."

강당 저쪽 끝에는 무대가 있었고, 그 주변으로 카메라들이 분주하게 움직이고 있었다.

"야, 조명! 제대로 안 들어?"

"음향? 자꾸 흔들린다."

PD의 호통치는 소리가 사방으로 울려 퍼졌다.

진 교수도 이곳은 처음인지라 두리번거리다가 초대자들을 위한 좌석을 발견했다.

"선배님, 이쪽입니다."

뒤를 돌아보니, 한건협회장 이시후도 건물을 둘러보고 있었다.

"오, 꽤나 넓은데?"

"그렇군요. 방송국에서 특별히 섭외한 곳이라고 하던데.

깨끗하고 넓습니다. 헤헤.”

“기둥도 하나 안 보이는데, 잘 만들었네.”

“트러스를 이용하지 않았을까요? 그렇지 않으면 이런 장 스팬이 가능할 리가 없지 않습니까?”

“그렇지. 트러스겠지. 천장 마감에 가린 모양이구만. 우리나라도 많이 발전했어.”

성훈이 건물을 바쁘게 뛰어다니는 모습이 보였다.

‘멍청한 놈, 그렇게 뻗대더니, 겨우 한다는 게 방송국 시다바리냐? 큭큭.’

자신의 얼굴을 보고 그냥 지나치려고 하길래, 진 교수가 성훈을 불러 세웠다.

“어이, 성훈 군. 교수를 보고 인사도 안 하나?”

부르는데 차마 못 본 척할 수는 없었던지, 인사를 한다.

“진 교수님, 오셨어요?”

‘이것 봐라. 대충 고개만 까딱이고 가려고 하네? 버르장머리 없는 놈!’

불러 세운 목적이 있는데, 그냥 보낼 수 있나?

“여기 이분은 한건협의 회장님이시라네, 내 S대 동문 선배님이시지.”

“한건협이라뇨?”

“쯧쯧! 한건협을 모르다니. 한국 건축인 협회인데, 건축인이 되어 가지고 그것도 모르나?”

성훈이 고개를 갸우뚱한다.

"글쎄요. 건축가 협회나 건축사 협회는 들어봤습니다만, 건축인은 아직. 저는 급해서 이만."

대충 대답을 하더니, 성훈은 뒤도 돌아보지 않고 사라졌다.

"야, 야!"

진 교수의 눈 밑이 꿈틀거렸다.

'건방진 놈! 감히 나를 선배 앞에서 무안을 줘?'

아차! 내 기분이 이럴진대, 눈앞에서 무시를 당한 선배의 기분은 어떻겠는가?

걱정이 기우가 아니었던 것 같다. 뒤돌아보니 회장의 눈에는 황당함과 분노가 뒤섞여 있었다.

재빨리 회장에게 사과를 했다.

"죄송합니다, 선배님. 지방이 돼놔서 무식한 놈이 많습니다."

"흥. 촌놈들이 뭘 알겠어. 저런 멍청이들을 가르치느라 그동안 고생이 많았겠구만."

"내, 저놈을 반드시."

회장이 진 교수의 어깨를 두드리며 위로했다.

"그것도 얼마 남지 않았어. 조금만 더 참게나."

저번에 말한 S대의 교수 자리를 말하는 것이리라. 그의 위로에 진 교수는 터져 나오던 분노를 가라앉힐 수 있었다.

'전화위복이지. 이 정도면.'

잠시 후, 성훈이 다시 나타났다.

"저기, 진 교수님."

"왜!"

"혹시 아까 그분이 한건협 회장님이라고 하셨습니까?"

"그런데 왜?"

아까의 분노가 있으니, 좋은 말이 나갈 리가 없었다.

'이제 와서 높은 사람 같으니, 비벼보려는 거냐? 감히 너 따위가 어디서?'

"혹시 방송에 출연해 주실 수 있는지 여쭤보려고요."

아쉬운 게 있으니, 이렇게 고개를 숙인 거겠지!

'내 이번에는 버르장머리를 고쳐주지.'

"뭐? 일없어."

성훈이 너스레를 떨었다.

"에이, 교수님. 아직도 그 일로 꽁해 계시는 겁니까?"

"내가 고작 그런 걸로 이럴 것 같아?"

방방 뛰는 진 교수를 보며 성훈이 피식 웃었다.

'무슨 일이 있었냐고?'

며칠 전, 진 교수가 초대권 티켓을 구하려고 성훈에게 온 적이 있었다.

그때 어떻게 했길래 이렇게 흥분을 하느냐고?

당연히 너 줄 건 없다고 했지!

좋게 부탁을 하면 될 걸, 머리 뻣뻣하게 들고는 맡겨 놓은 물건 달라는 투로 말을 하더라고!

'그래서?'

당신 인맥 좋으니, 알아서 구해보라고 했지.

한국 사회에서는 인맥이 전부 아니냐?는 비웃음을 날리면서. 무슨 수를 데리고 온다는 걸 알고 있었거든. 진 교수는 그것 때문에 성훈에게 꽁해 있는 것이 분명했다. 아니면 원래 성격이 옹졸하던지.

성훈이 말했다.

"그럼 됐어요. PD님이 그러는데, 한국 건축사 협회 회장이 갑자기 약속이 생겨서 못 올 것 같대요. 그래서 대타를 구해보라고 해서 왔던 건데. 안 하신다는 거죠? 어쩔 수 없네. 뭐."

대수롭지 않게 뒤돌아서는 성훈의 반응에 진 교수는 잠시 어이가 없었다.

'한 번 튕긴 걸 가지고. 이렇게 쉽게 포기를 해?'

괘씸했지만 선배에게 잘 보일 기회를 놓칠 수는 없었다.

'선배가 방송을 타면 절대로 내 공을 잊지 않겠지. S대 교수가 대수랴? 이건 기회라고 기회!'

진 교수는 잽싸게 성훈의 소매를 잡았다.

"어허, 그건 내 의견이고. 선배님께도 여쭤 봐야 하지 않겠나?"

"에이, 귀찮게……. 그럼 찾아보시고 5분 내로 저한테 말씀하세요. 그때까지 안 오시면 안 하시는 걸로 알게요."

진 교수는 회장을 찾으러 뛰어다녔다.

그 모습을 보며 성훈이 미소 지었다.

'이제 배우들도 다 준비가 되었군.'

사회자는 자연스럽게 한 교수의 논문과 사설로 주제를 돌렸다.

"U대에는 모두 초대권을 돌렸다고 하시던데, 혹시 와 계실지도 모르겠군요. 아. 저기 계시군요. 모셔 보겠습니다."

좌중을 둘러보며 진 교수를 호출했다.

한 교수는 프랭크의 통역 겸 토론자로 이미 자리하고 있었다. 회장이 진 교수를 맞이하며, 너스레를 떨었다.

"제 동문 후배입니다. 하하하."

"아하? 그럼 두 분 다 S대시군요."

진행 메모지를 보던 사회자가 말했다.

"그럼 한국 대표 S대와 미국 대표 예일대가 모두 참석하신 거네요. 기분이 묘하군요."

토론자로 참가한 노 교수가 그 발언을 정정시켰다.

"사회자 양반, 그렇게 편 가르는 발언은 좋지 않소. 논지는 그게 아닌 것으로 알고 있소만."

사회자는 노련하게 말을 바꾸며 사과했다.

"아! 분위기가 딱딱한 것 같아 농담을 해봤습니다만, 실수한 것 같군요. 죄송합니다."

그 순간, 회장과 진 교수의 눈이 마주쳤다.

'이건 기회입니다. S대가 예일대보다 낫다는 것을 보여줄……'

'실수하면 가만히 안 있을 줄 알아!'

둘이 마주 보며 눈을 반짝였다.

화장실을 다녀왔다.

"오, 성훈 군. 어딜 다녀오는 겐가?"

시장이었다.

"아, 다음 차례에 시장님이 출연하시죠?"

"그래, 그런데 분위기가 이상하게 돌아가는군."

"네? 왜요?"

"저것 보게나."

시장이 토론 장소를 가리키고 있었다.

"뭐지? 왜 저렇게 된 거지?"

화장실 갈 때만 해도 내 시나리오대로 잘 진행되고 있었다.

프랭크의 통역 겸 제자로 한 교수가 출연했고, 자연스럽게 논문으로 주제를 옮겼었다. 논문에 대한 주도권을 한 교수가 잡고 있음을 보고, 안심하며 화장실을 갔던 것이다.

'그런데 지금 나오는 것은 온통 프랭크의 과거 이야기뿐이 잖아.'

그것도 과거 프랭크가 휘말린 건축자금에 대한 문제 말이다.

시장이 혀를 찼다.

"말렸구만. 말렸어."

"그게 무슨 말씀이세요?"

"청문회 안 봤나?"

그는 청문회 때, 공무원을 어떻게 추궁하는지에 대해 말하는 것이었다. 정작 물어야 할 것은 묻지도 않고, 그의 도덕적 잘못으로만 사람을 물어뜯는 것 말이다.

프랭크는 과거 미국에서 건축 일을 하면서 건축비 횡령비리에 얽힌 적이 있었다.

"하지만 그 일은 그와는 전혀 관계없는 것으로 이미 판명이 났었는데요? 그리고 그게 지금의 논문과 무슨 상관이 있죠?"

"저 한건협회장이라는 인간이 상황이 불리해질 것 같으니까 그 문제를 거론했네. 미국에서는 이미 밝혀졌을지 몰라도, 한국에서는 아니질 않나."

이러면 프랭크를 불러온 의미가 없다.

오히려 그의 명성에 피해만 끼치게 될 것이다.

돈에서 자유로울 수 있는 사람은 얼마 없었다.

'이런 식으로 나온다 그거지? 더럽고 치사하게?'

시장이 씁쓸해하며 말했다.

"얼른 상황을 정리하지 않으면, 걷잡을 수 없어질 거야. 학계는 정치판과 다를 줄 알았더니. 쯧쯧."

건축에 관련된 사람들은 그 이야기의 결말을 이미 알지만, 일반 시청자들은 그 이야기를 전혀 모를 것이다. 제대로 해명하지 않으면, 사람들은 프랭크를 비리 건축가로 기억하게 될 것이고 쓰레기 가십난에 프랭크의 이름이 돌아다니게 될 것이다.

시장에게도 이 일은 타격이겠지.

매스컴을 타려고 유명인과의 만남을 추진했다. 울산시의 이름까지 넣어가면서 말이다. 그는 상황이 아주 안 좋은 경우에는 아프다는 핑계로 참석을 하지 않을 수도 있겠지만, 시민들에게 좋은 이미지를 줄 수 없다는 것은 동일한 사실이었다.

"한건협 회장이 정치질을 한다더니, 저런 것만 배운 모양이네요."

시장이 고개를 끄덕였다.

그렇다고 이렇게 당하고 있으라고?

'절대 그럴 수 없지.'

"시장님, 아는 기자들 있으시죠?"

"그럼 있지."

"그럼 프랭크에 관한 미국 기사들 좀 모아달라고 하세요.

저는 저대로 알아볼게요."

그리고 만만한 알리에게 전화를 걸었다.

—뭐? 프랭크가 곤경에 처했다고?

내가 전한 내용에 알리는 분노했다.

알리는 프랭크에게 수백만 달러를 투자한 투자자였다.

내가 부탁했던 500만 달러는 제외하고 말이다. 그런 프랭크를 건드리는 것은 알리에게는 도전으로 느껴졌던 모양이다.

—누구야? 어떤 놈이야?

"흥분하지 말고, 내가 찾아달라는 내용이나 바로 정리해서 보내주세요. 5분밖에 시간이 없어요."

—알았어. 하지만 어떤 놈인지는 꼭 말해줘야 해. 알았지? 성훈?

"네, 알았어요."

5분도 지나지 않아서 알리에게서 연락이 왔다.

—메일로 보내놨으니까, 확인해 봐.

"대단히 빠른데요?"

알리가 말했다.

—돈으로 안 되는 게 어디 있어!

메일을 다운받아 PD에게 달려갔다.

"PD님, 잠시 휴식 시간 가지시죠."

"그래, 그게 좋겠어. 상황이 안 좋아."

"PD님, 이건 지금 이야기하고 있는 프랭크에 대한 지난 기사들이에요."

내가 내민 문서를 받아 든 PD가 탄성을 내질렀다.

"이거 자네가 쓴 건가? 당장 기자해도 되겠는데?"

그럴 수밖에. 내가 봐도 깔끔하게 정리가 잘되어 있었으니까.

이런 사람을 손가락 하나로 부릴 수 있는 알리가 진심으로 부러워지는 순간이었다.

"지금 감탄이나 할 시간 없어요. 광고 끝나자마자, 이것부터 내보내세요. 알았죠?"

"응. 알았어. 진행자한테도 말해두지."

그리고 스태프들에게 명령했다.

"잠시 쉬자고, 광고 영상 넣어. 얼른!"

그리고 나를 붙들며 말했다.

"어딜 가? 이거 어떻게 내보낼지 의논해야지."

"역시 선배님이십니다."

진 교수는 회장에게 진심으로 고개를 숙였다.

한 교수가 사설에 대한 허점을 찌르고 들어올 때는 얼마나 오금이 저렸던가? 그걸 자신의 선배는 한 방으로 역전을 시켰다.

대화의 주제 자체를 논문에서 프랭크로 바꾸면서 말이다.

그때, 한 교수가 당황하는 꼴이란.

"선배님, 물 한 잔 떠오겠습니다."

"허허허. 그러게나. 오늘은 내가 확실히 청취자들에게 눈 도장을 찍는 날이 되겠어."

물을 가지러 내려오는데, 성훈이 보였다.

"흐흐, 얄미운 놈."

진 교수가 성훈에게 다가갔다.

"성훈 군, 잘 봤나?"

"뭘요?"

"우리 S대 선배님께서 토론을 어떻게 진행하는지 봤냐는 말이지."

그는 기고만장한 눈으로 성훈을 노려봤다.

"언제 토론을 하셨는데요? 제 눈에는 근거 없는 비방밖에 안 보이던데요?"

건축 이야기를 하는데, 그 외적인 비방으로 사람을 추잡하게 만들다니. 더럽고 치사하다.

"하지만 패자는 말이 없는 법이야. 역사는 승자의 기록이지. 흐흐."

진 교수가 비릿하게 웃으며 말을 이었다.

"한 교수 쫓겨나는 건 시간문제니까, 자네도 다른 세미나 알아보는 게 좋을 거야. 뭐 하면 내 밑으로 오는 것도 좋고."

그의 말이 하도 어이가 없어서 피식 웃었다.

"실력은 쥐꼬리만큼도 없는 주제에."

"뭐야?"

"들으셨어요? 그냥 혼자 한 말이었는데, 그죠. PD님?"

저 말은 명백한 놀림이었다.

'혼잣말인데, 남한테 왜 물어?'

그렇다고 실력이 없다는 말을 가지고 따질 수도 없지 않은가?

'흥. 너도 한 교수와 같이 엮어서 청소를 해주지.'

진 교수가 물었다.

"성훈이. 너도 그 논문, 같이 썼지?"

"네, 그런데요?"

비릿하게 웃으며 진 교수가 돌아섰다.

"그럼 벗어날 수 없지. 저 자리에 부를 테니, 각오나 하고 있어. 자신 없으면 도망가도 뭐라고 하지는 않겠네. 하하하!"

PD가 물었다.

"저 사람 뭐냐? 성훈아."

"우리 학교 교수요?"

"아! 네가 말한 씹어 먹겠다는 인간이 저 사람이냐?"

"네!"

저 인간을 잡으려고 방송국과 딜을 걸었다.

프랭크를 독점하는 대신, 내 말대로 진행해 달라고.

지금 눈앞의 PD는 내 하수인이었다.

그가 어이없다며 웃었다.

"나도 성훈이 너한테 빌빌 기고 있구만. 뭐가 저리 당당해? 내가 봐도 실력은 쥐꼬리더만."

"불러준다는데, 감사하죠. PD님, 제가 드린 파일 확실히 자막으로 올리세요. 다시는 프랭크 지난 일에 대해 언급하지 못하게요."

PD가 알았다며 등을 두드렸다.

한 교수에게 다가갔다.

"교수님. 왜 그렇게 흥분을 하셨어요?"

"미안하구나. 성훈아."

그는 나를 보자마자, 대뜸 사과부터 했다.

"프랭크가 그것 때문에 얼마나 마음고생이 심했는지, 다른 사람은 몰라도 나는 알잖냐."

그 말이 그의 심정을 대변했다.

옆에서 고생을 지켜보는 것과 결과만 듣는 것, 그 사이의 격차는 천지 차이겠지.

뜻하지 않은 변칙 공격에 한 교수는 잠시 흥분했던 것 같았다. 하지만 정작 프랭크는 지금의 일이 별로 충격이 아닌 모양이었다.

"유명해지면 이런 게 귀찮은 거지."

자조하듯 그가 말을 이었다.

"그래서 그 뒤로는 확실한 투자자가 아니면 투자를 받지 않아."

"알리 정도면 확실한 투자자이긴 하죠."

뒤도 깨끗하고, 투자에 대해서 책임을 진다.

한 교수에게 말했다.

"잠시 쉬고 계세요. 제가 정리할게요."

"아니다. 그래도 일단은 내가 자리를 지키고 있어야지. 너 혼자만 표적이 되게 할 수는 없지."

"걱정 마세요. 이제 그거로는 공격할 수 없을 거예요."

"조치를 취한 거냐?"

그에게 눈웃음을 치며 말했다.

"제가 누굽니까? 다 단속을 했죠. 흐흐흐."

그렇게 한 교수를 안심시키며, 진 교수 쪽을 바라보았다.

소인배 둘이서 희희낙락하며, 자신들의 승리를 자축하고 있었다.

'등신들.'

나는 저런 인간들이 가장 싫다.

자신을 높이기 위해 남을 끌어내리는 자들.

'프랭크를 끌어내리면, 자신들이 프랭크보다 더 위로 올

라간다고 생각하는 것인가? 그건 대체 어디에서 나온 계산인가?'

저들의 머리 뚜껑을 열어보고 싶었다.

프랭크는 타임스지에서 선정한 '21세기를 이끌어갈 건축의 거장 10인'에 당당하게 이름을 올린 유명인이다.

그의 추종자가 얼마나 많을지는 생각해 보지 않은 것인가?

스스로 눈으로 확인하지 못하면, 판단도 못 하는 것인가?

'여기 모인 모든 사람이 프랭크를 보기 위해 모인 건데, 감이 안 오나 보지.'

설마 그런 도발을 하리라고는 꿈에도 생각하지 않았었다.

아까 알리만 해도 격노를 하지 않았던가?

개 눈에는 똥만 보이고, 소인배의 눈에는 눈앞의 이득만 보인다.

바라는 것이 있다면, 프랭크에게 대다수의 한국 사람들은 저렇게 옹졸하지 않다는 것을 보여주고 싶을 뿐이다.

'부끄러움을 모르는 것들.'

허나 내게 저들을 욕할 자격이 있을까?

내 지난 삶들이 딱 저랬다.

'스스로 올라갈 능력이 없으니, 남이라도 끌어내리고 싶은 것이지.'

그래서 더더욱 이번 삶에서는 저렇게 살고 싶지 않은 것이고. 마지막 숨을 내뱉을 때, 적어도 스스로에게는 떳떳하고 싶다.

다시 마음을 다잡았다.

'내 목표는 간단해.'

첫째, 논문이 틀리지 않았음을 증명하는 것.

둘째, 진 교수의 사과를 받아내는 것.

마지막, 쓰레기 청소.

거기에 부가적으로 덧붙이고 싶은 것은 한 교수의 인맥을 강화하고, 프랭크에게 한국에 대한 인상을 좋게 하는 것 정도가 되겠다.

'결국은 저놈들을 때려잡아야 하는 거네.'

진 교수가 나를 보며, 비릿하게 웃고 있었다.

'시간을 멈출 수만 있으면, 지르밟아주고 싶네.'

진 교수에게 나도 똑같이 비웃음을 날려주었다.

그가 눈을 부릅뜨며, 분노를 표출한다.

'훗. 감히 나 따위가 네놈에게 마주 보고 웃냐. 이거냐?'

내게는 시나리오와 무대, 출연 배우들을 섭외하고 나서 남는 시간이 있었다.

내가 그동안 뭐 했을까?

공부? 프랭크가 오는데?

그럴 리가 없지 않나.

관객을 불러 모으는 데 가장 신경을 썼다.

그리고 적들의 면면을 확인했다.

지피지기 백전불태!

'그렇게 준비를 했는데도, 이런 복병을 만나다니. 참.'

오늘 부른 건축가 중 몇몇은 한건협회장과 관계가 있다. 물론 좋은 사이는 아니다. 오히려 원수지간에 가깝다.

일부러 그런 사람을 골라잡은 것은 아니었다.

'실력이 괜찮은 사람을 골랐는데, 있더라고.'

어떻게 알게 되었냐고?

한건협 회장의 뒷조사를 하다가 보니 알게 되었다

'그가 승승장구한 이유가 있더군. 어떤 이유냐고?'

'열정페이'라고 아는가?

예를 들면 이런 식이다.

'네 이름으로는 임팩트가 약해. 겨우 네 이름 정도로 누가 이걸 인정해 주겠어? 일단 내 이름으로 발표하자.'

그는 그렇게 갈취한 논문과 아이디어로 자신의 명성을 구축했고, 지금에 이르렀다.

과연 저기 젊은 건축가들이 불의에 대해 성토하지 않았을까? 들끓는 피로 대응했겠지. 하지만 그들의 항변은 어디에도 나오지 않았다.

힘으로 눌렀던지, 혹은 다른 대가를 제시했겠지. 방송에, 그것도 생방송에서 그를 만날 기회가 있다면, 그들이 가만히 있을까?

'아니, 오히려 가만히 있는 사람이라면, 선택한 것을 재고

해 봐야지.'

그건 밸도 없고, 알도 없는 사람이니까.

'그게 아니라면, 이미 물든 거겠지. 세상과의 타협에.'

그런 사람은 내게도, 한 교수에게도 인맥으로써의 가치가 없었다.

다시 토론이 재개되었다.

사회자가 말했다.

"한건협 회장님께서 아까 말씀하셨던 프랭크 교수님의 과거사에 대해서는, 진심으로 시청자분들께 사과 말씀을 드립니다."

회장의 눈빛이 변했다.

'왜? 그걸로 승기를 잡고 있었는데. 감히 나한테 양해도 구하지 않고!'

회장이 항의했다.

"이것 보세요. 사회자 양반."

사회자가 손을 들어 잠시 그의 말을 막았다.

"외신에서 우리 방송을 보고, 항의하는 전화가 빗발쳤다고 합니다. 사실도 확인하지 않고, 그런 토론을 하느냐고 말입니다. 아래 자막으로 프랭크 교수님의 과거 비리에 엮인 사건 처리들을 요약하여 올리오니, 참고하시기 바랍니다."

그리고는 회장에게 말했다.

"가급적이면 한건협 회장님께서도 그 문제에 관한 거론은 주의해 주십시오."

"아니. 투명성을 지켜야 할 방송이 고작 외신 따위에 흔들린다는 말입니까?"

회장이 비웃으며 코웃음을 쳤다.

보다 못한 PD가 무릎걸음으로 다가와 그에게 쪽지를 내밀었다.

[항의자 명단]
-사우디아라비아 알리 왕자.
-미국건축협회.
-하얏트 재단 이사장 외 수십 명.

잠깐 사이에 PD는 미쳐버릴 정도로 높은 사람들에게 항의 전화와 메일을 받았던 것이다.

참고로 프리츠커상은 하얏트 재단에서 수여한다.

'이게 뭐냐?'는 눈으로 자신을 바라보는 회장에게 PD가 턱짓을 했다.

'감당할 자신 있으면 계속하시구려!'라는 의미였다.

회장의 얼굴이 시커멓게 변했다.

'쫄리면 뒈져라. 그 말이냐?'

사회자의 말이 이어지고 있었다.

"하지만 회장님. 이미 투명하게 가려진 문제를 다시 끄집어낸다는 것은 그들의 공정성을 의심한다는 것밖에 안 되지 않겠습니까?"

깨끗하게 사과라도 한마디 하면 좋으련만.

그가 벌게진 얼굴로 말했다.

"하하하. 그건 미처 몰랐군요. 우리가 뭔가 잘못 알고 있었던 모양입니다."

'우리?'

진 교수의 고개가 회장에게 홱 돌아갔다.

'아까 한창 승승장구할 때는 '나만 믿어!'라고 하더니, 지금은 '우리?'

회장이 팔꿈치로 옆구리를 툭툭 찔렀다.

'왜 그러십니까?'

회장이 턱짓을 하며, 복화술로 으르렁거렸다.

"자네. 이런 자리로 날 불러놓고 나를 부끄럽게 할 셈인가?"

'사과 한 번 하면 될 것을 가지고, 좀스럽기는……'

대들고 싶었지만, 회장에게 버릇없이 대든 자들의 비참한 말로를 얼마나 많이 봐왔던가.

그럼에도 그가 아직 그 자리를 유지하고 있는 것은 그 충성의 대가를 확실히 치러주었기 때문이리라.

'머리 한 번 숙이면, S대 교수 자리야. 참자.'

다른 사람도 아니고, 선배를 위해 머리 숙이는 것이 뭐 그리 부끄러운 일이랴!

진 교수가 고개를 숙였다.

"죄송합니다. 제가 선배님께 잘못된 정보를 말씀드렸습니다. 제 잘못입니다."

회장이 진 교수의 등을 툭툭 두드리며 너털웃음을 터뜨렸다.

"사람이 살다 보면 실수할 때도 있지 않겠습니까? 허허허. 너그러이 용서해 주시지요."

"쯧쯧. 하는 꼴이 어째, 20년 전이나 지금이나 하나도 안 변했냐?"

한심한 꼴을 목격한 노 교수의 탄식이었다.

회장의 복화술이 경지에 이르러 방송에는 안 나가는지 몰라도, 현장에 있는 관객들은 들을 수 있었다.

"저놈은 진솔한 사과라는 것을 할 줄 몰라. 잘한 건 모두 제 덕이고, 잘못한 건 죄다 남에게 미루지. 쓰레기 같은 놈. 에잉!"

그게 사람 사는 한 단면일 수도 있지만, 저렇게 치사하게 살고 싶을까?

나도 혀를 차며, 그의 말에 동참했다.

"그러게요. 자기는 완벽해야만 하나 보죠. 조금만 기다리세요. 저 얼굴에 웃음이 사라지게 해줄 테니."

사회자가 보기에도 기가 찼던지, 입을 허 벌리고 그 상황을 보고 있었다.

회장의 이 장면이 방송으로 나갔을까?

PD를 힐끗 보니, 손으로 'OK' 사인을 했다.

'크. 그 양반, 특종 자질이 있구만.'

방송국으로서는 프랭크에게 미안한 것이 있으니, 그런 식으로라도 만회해 보려는 심산이리라.

'눈치가 빠르니, PD 자리에 앉아 있겠지.'

저 촌극을 더 방영하고 싶었지만, 이제는 우리 일을 해야 할 시간이었다.

성훈이 사회자에게 말했다.

"사회자님. 아까 하다 말았던 논문 이야기는, 끝내는 것이 좋지 않을까요?"

"아! 그럽시다. 그럼 다시 토론을 진행하도록 하겠습니다. 잠시 진행이 고르지 못했던 점, 시청자 여러분께 사과드립니다."

사회자가 나를 논문 공저자로 소개하며, 발언 기회를 주었다.

"아까 진 교수님께서는 우리가 쓴 논문이 논문으로써의 가치가 없다고 말씀하셨습니다. 그 이유로는 아직 우리나라는 그런 기술을 실현시킬 기술이 부족하다는 말씀을 하셨고, 탁상공론이라고 하셨습니다."

진 교수도 그사이 마음이 안정된 모양이었다.

"그렇습니다. 굳이 트러스로 할 수 있음에도 불구하고, 그런 위험천만한 구조를 적용할 하등의 이유가 없다고 했습니다."

"건축에서 잘 사용하지 않는 방법을 제시했다고 해서, 그렇게 나쁘게 볼 것은 없지 않습니까?"

"흥. 건축은 사람의 생명을 담보로 하는 학문인만큼 겸손해야 할진대, 내가 보기에는 '나, 이만큼 할 줄 안다.' 자랑하는 것으로밖에 안 보였네. 그게 과연 건축인으로서 올바른 자세인가?"

한참 동안, 나와 진 교수의 갑론을박이 이어졌다.

흥분을 가라앉히며, 진 교수에게 물었다.

"교수님, 논문에 나온 건물을 확인은 해 보신 겁니까?"

"흥. 확인할 가치가 있다고 생각하는 건가?"

"그럼 확인도 안 해 보시고, 일단 잘못되었다고 판단을 하신 겁니까?"

"확인하고 말고가 왜 필요합니까? 애초에 이런 발상 자체를 한다는 것 자체가 문제입니다."

듣고 있던 노 교수가 결국 뒷목을 잡았다.

난 솔직히 여기까지 하면, 진 교수가 승복할 줄 알았다.

'왜냐고?'

대화를 나누면 나눌수록, 그가 우리 논문을 자세히 읽어보지 않았다는 걸 알 수 있었거든.

'그냥 '기둥이 없다.' 그 제목 하나 가지고 딴지 거는 것뿐 이잖아!'

한숨을 쉬면서, 방청석을 바라보았다.

간이의자에 줄지어 앉아 있는 건축가들이 다들 입을 벌리고 있었다.

어이가 없어서.

'당신 같은 사람 때문에 국내의 이런 인재들이 외국으로 도망간다고! 알아!'

말하면 뭐하나?

인정하지를 않는데.

지난 삶에서 가구를 배울 때, 시공 보조를 한 적이 있었다.

내가 물었었다.

"반장님. 이렇게 하면 더 편하지 않을까요?"

"네가 뭘 알아? 그냥 시키면 시키는 대로 하는 거지. 대학 나왔다고 지금 나 가르치는 거냐?"

그는 이렇게 나를 무시했었고, 내가 그의 상사가 되었을 때, 그를 회사에서 내보냈다.

나를 무시했기 때문이 아니다.

발전하지 않는 시공 방법으로 꾸준하게 동일한 하자를 만들었기 때문이다.

지난 삶의 시공반장도 꼰대였고, 지금 내 눈앞의 진 교수

도 꼰대였다.

꼰대는 젊은이들의 창의적 사고를 절대 인정하지 않는다. 1970년대식의 사고방식에 절어 있다.

'너희들은 생각하지 말고, 시키는 대로만 해라!'

가난한 나라로서 살아남기 위해 값싼 노동력이 필요했을 때의 사고방식.

어떻게든 단순기술이라도 가르쳐서 해외로 팔아야 했으니까.

그때는 선택의 여지가 없었다고 치자.

'지금은 왜 그래야 하는데?'

'왜 우리는 스스로 창의적으로 설계하면 안 되는데?'

'왜 해 보지도 않고, 무조건 말이 안 된다고 하는데?'

왜? 왜? 왜?

'단지 자신들의 자리를 빼앗길까 봐 두려워하는 것은 아닐까?'

범처럼 선배들과 자리다툼을 하며, 살아남기 위해 싸우던 호전성을 사라지고, 이제 그 자리에 앉아 있으니, 특권을 빼앗기기 싫은가? 후배들이 무서운 건가?

그래서 똑똑한 후배들이 외국으로 도망갈 수밖에 없도록 하는 건가?

혹시 내가 피해의식 과잉인 건가?

'못 봐서 못 믿겠다면 보여주고, 보고도 인정하지 못하겠

다면 그때는 밀어 넣어주지. 당신이 스스로 판 무덤으로 말이야.'

사회자를 보며 말했다.
"PD님께 제가 요청한 것이 있습니다."
PD의 허락이 떨어지자, 사회자가 말했다.
"잠시 광고 시간을 갖고 다시 진행하겠습니다."
원래대로라면, 어떻게 이런 게 가능하겠어?
방송국과의 전면적인 거래가 있었기에 가능한 일이다. 그리고 시청률이라고 하면 목숨을 거는 방송이기에 가능한 일이기도 하고.
"노 교수님. 수고 좀 해 주십시오."
노 교수가 고개를 끄덕이며, 자리를 벗어났다.

촬영 준비를 위해 스태프들이 분주하게 뛰어다녔다.
성훈이 답답한 듯 가슴을 쳤다.
"프랭크, 이렇게까지 말하면 대부분 알아먹지 않아요? 이건 말이 안 통해요. 차라리 어린애랑 말하는 게 더 쉽겠어요. 그럼 가르칠 수나 있죠."
성훈의 말을 인정하려고는 들지 않고, 계속 트집거리만 끄집어내는 진 교수에게 질린 모양이었다.
한숨 쉬는 성훈의 어깨를 프랭크가 쓰다듬었다.

"성훈, 이해 여부를 떠나서, 인정하지 못하는 것이지."

"그럴 정도로 진 교수가 멍청하다고요?"

프랭크가 고개를 저었다.

"오히려 똑똑한 사람들이 더 그렇단다. 남들보다 자신이 낫다는 것을 알기에 자신이 인정하는 기준 외에는 인정하지 않는 것이지. 자신만의 울타리에 스스로를 가둔 거야."

'뭐지? 이 현기 있어 보이는 말은?'

프랭크가 혀를 찼다.

"쯧쯧. 누구나 그럴 때가 있지. 나도 저 나이 때는 저랬지만 말이다."

"엉? 프랭크가요?"

한없이 현명한 현자처럼 보이는 프랭크에게도 그런 치기가 있었다니.

내 생각에 호응이나 하듯, 한 교수의 눈도 동그래져 있었다.

프랭크가 쑥스러운 듯이 웃었다.

"난들 그런 경우가 없었겠니? 어떤 사람에게나 부끄러운 과거는 있는 거야."

"보통 그런 경우에는 말하려 들지 않잖아요."

"그렇긴 하지만, 그건 가리려 하면 할수록 나 자신을 더 부끄럽게 만들거든. 그냥 인정하는 게 나아. 사람은 다 그런 거라고. 그때의 나는 미성숙한 인간이었다고. 인정을 해버리면 차라리 마음이 편해진단다."

세상에 실수 없는 인간이 있을까? 인간이 완벽할 수 있을까?

"완벽하고자 하는 욕망은 흠이 될 부분을 가리려 하고, 가리다 보면……. 자기 자신을 잃어버리지."

프랭크의 말을 완벽하게 이해할 수는 없었지만, 그 의미를 어렴풋이 알 수 있었다.

투명한 개인의 역사에 지나간 흔적이 새겨진다. 과거는 지울 수가 없으니, 과거다.

되돌아갈 수도 없다.

그는 왜 숨기는 것이 아니라, 가린다고 했을까?

투명한 흐름에 흰색을 칠한다고 투명해지던가?

그렇게 잡때가 묻어가는 것 아닐까?

"내가 그것을 깨닫는 데 수십 년이 걸렸다네. 잘못된 과거를 가리는 것이 중요한지, 내가 나 자신으로 존재하는 것이 중요한지."

"인정이 그렇게 힘든가요? 프랭크? 상대를 인정하는 게 나를 낮추는 건 아니잖아요?"

인정은 인정일 뿐! 인정받은 자는 고마워하지, 자신을 인정하는 자를 눈 아래로 보지 않는다.

"그게 힘든 사람도 있는 법이야."

그 말에 씁쓸하게 마른침을 삼켰다.

프랭크가 한 말의 의미를 너무나 잘 알기에.

지난 삶에서의 나는 인정받기를 간절히 바라면서, 남을 인정한 적은 없었던 지극히 옹졸한 사람이었다.

"패배를 모르는 자들은 인정할 줄 모르는 경우가 많거든. 인정받는 것만 알았지. 인정하는 것은 영 서투르단 말이야."

제삼자를 말하듯 말을 둘러댔지만, 프랭크 자신의 과거를 말하는 것이리라.

프랭크가 진단을 내렸다.

"진 교수는 감정적 난독증이야."

"그 말은?"

"저건 진 교수의 잘못이 아니라, 병이라는 거지."

"죄는 미워하되, 인간은 미워하지 말라는 건가요?"

프랭크가 허허 웃었다.

"그 뭐. 비슷해."

PD의 방송 재개 소리가 들려왔다.

사회자가 옷매무새를 다듬고 말했다.

"그럼. 현장에 나가 계신 노 교수님. 연결해 보겠습니다."

노 교수는 며칠 전 나와 함께 돌아보았던 옥상에서 논문과 비교하며, 구조를 간결하게 설명해 주었다.

사회자가 물었다.

"혹시 구조적 문제가 있습니까?"

"구조 계산에 문제가 없었고, 현재 시공 상황도 문제가 없습니다."

건너편의 진 교수와 회장이 소곤거리는 모습이 보였다. 워낙 작은 소리였기에 들리지는 않았다.

화를 내는 듯한 회장의 표정과 불쾌함과 배신감을 오가는 진 교수의 얼굴빛으로 보아, 결코 기분 좋은 이야기는 아니리라.

아마도 내가 조사한 회장의 성격상, 지금 이 방송이 평범하지 않다는 것을 눈치챘을 것이다.

진 교수를 표적으로 하는 곳에 발을 잘못 내디딘 것이라고 판단했을 것이다.

나는 명사 초대석을 총 3부로 계획했다.

1부는 내가 가질 테니, 2, 3부는 알아서 하라고.

프랭크도 당연히 동의했고 말이다.

진 교수의 깨갱 하는 모습이 눈에 들어왔다.

'충분히 그러고도 남겠지. 그에게 자기 자신을 제외한 모든 것은 이용 대상일 뿐이니까.'

사회자가 진행을 이어나갔다.

"노 교수님, 수고하셨습니다. 프랭크 교수께서는 어떻게 생각하시는지 여쭤보고 싶군요."

"워낙 노 교수께서 설명을 잘해 주셔서 시간 가는 줄도 모르고 들었습니다. 허허."

물을 한 잔 마시고는 말을 이었다.

'아직 논문에는 흠잡을 곳이 많습니다. 이건 명백한 사실입니다'로 시작된 그의 말은, 논문에 대한 칭찬 30과 비판 70의 비율로 진행되었다.

해박한 지식에서 나오는 깊이 있는 비판에는 즉답할 수 있는 것들이 없었다.

'한 교수는 어떻게 생각할까?'

문득 생각이 들어 옆을 바라보니, 그는 고개를 연신 끄덕이며 받아 적기 바쁜 모습이었다.

"하지만 형식이 아니라, 내용만을 놓고 볼 때는 한 교수 팀은 멋지게 잘해냈습니다."

프랭크의 논문평이 끝나자, 사회자가 물었다.

"진 교수님, 하실 말씀이 있으신지요?"

진 교수는 가만히 고개를 저었다.

무언의 대답을 들은 사회자가 다시 물었다.

"한 교수님은 프랭크 교수님의 제자라고 알고 있습니다. 너무 박한 점수를 주신 것은 아닌지요?"

"아끼는 제자에게는 칭찬을 아끼라 했습니다. 사실, 한승원 교수가 처음 한국으로 간다고 했을 때, 전도유망한 제자가 잘못되지나 않을까 하는 걱정 말입니다. 하지만 지금 와서 생각하니, 그의 결정은 올바른 결정이었던 것 같습니다."

"어떤 면에서 그렇게 생각하시는지?"

"모든 학문은 질문으로 시작됩니다. 건축 또한 별다를 바가 없지요. 아직 서툰 부분이 없잖아 있지만, 새로운 주제를 지겹지 않도록 흥미롭게 다룬 부분은 칭찬해 주고 싶습니다."

뭔가 더 할 말이 남아 있는 듯한 눈치였지만, 그는 그것으로 말을 맺었다.

사회자가 말했다.

"이제 논문에 대한 논란은 여기서 종지부를 찍어도 될 것 같습니다. 더 하실 말씀이 있으신 분, 계십니까?"

성훈이 손을 들었다.

"네, 말씀하시지요."

"진 교수님께서는 사설 마지막에 쓰신 말씀 기억나십니까?"

"뭐지? 뭔데 그러나?"

이제 논문에 대해서는 생각도 하기 싫은지, 진 교수는 진절머리가 나는 표정을 짓고 있었다.

얼른 이 자리를 벗어나고 싶겠지.

'하지만 끝맺음을 어설프게 해서 일을 이렇게 키웠다고. 죄인은 미워하지 않는다고 죄가 사라지는 것은 아니지.'

"'한 교수에게 묻고 싶다. 진정 당신에게 교육자의 자격이 있다고 생각하는지 말이다'라고요."

진 교수가 인상을 찌푸리며 쳐다본다.

'왜 갑자기 그걸 들춰. 논문 문제는 다 끝난 거 아니냐?'는 표정이었다.

'그러게. 누가 함부로 말을 뱉으랬어?'

말이란 세상이라는 거울에 쏘는 화살과 같아서, 정확히 명중하지 않으면 스스로에게 되돌아온다.

허공에 흩어지는 말이 그러할진대, 글은 오죽하랴!

진 교수의 눈이 꿈틀거렸다.

'이미 사과까지 한 마당에……. 자리까지 내놓으라는 것인가?'

하지만 지금의 상황은 모면해야 했다.

"내가 그랬나? 잘 기억이 나질 않는군."

성훈이 옆에 놓은 신문을 집어 들었다.

"그럼 읽어드리겠습니다."

'저건 또 언제 준비했어?'

기가 차는 진 교수였지만, 막을 방법이 없었다.

"정확히 그렇게 말씀하셨습니다."

"큭, 그랬었군. 내 사과하지."

그리 말하는 진 교수의 눈에서 느껴지는 감정은 미안함이아니라, 짜증과 증오였다.

'나를 얼마나 더 수치스럽게 할 셈인가? 이제 그만하지?'하는 느낌.

그의 사과를 들은 성훈이 담담하게 말했다.

"진 교수님께 여쭤보고 싶은 것이 있습니다."

"여기서 더 뭘 묻겠다는 건가?"

"교수님은 진정 스승의 자격이 있다고 생각하십니까?"

"흥. 김성훈 학생! 지금 이 자리에서 교수의 자격을 논하자는 건가?"

성훈이 '안 될 거 뭐 있냐?'는 표정으로 눈을 끔뻑거린다.

"교수 채용 여부는 학교에서 알아서 할 일이지, 자네가 관여할 일이 아닐세!"

꿈쩍도 하지 않고, 그의 대답만을 요구하는 성훈이 괘씸해 보였다.

진 교수가 호통쳤다.

"자고로 옛말에 스승의 그림자도 밟지 않는다고 했는데, 어디서 감히 제자가 스승의 자격을 운운하는가? 제자가 스승을 평가하겠다는 건가?"

평가 좀 하면 어때서!

일방적으로 지식을 공급하던 시대를 지나, 학생과 교수가 지식을 공유하며 연구하는 시대가 온다. 그것을 조금 더 앞당길 뿐이다.

진정한 가르침이란 책에서 배울 수 없는 것을 가르쳐 주는 것이 아닐까?

책은 남지만 말은 사라지고, 순간의 깨달음은 찰나를 스쳐 지나간다.

책으로 배울 수 있고, 인강으로 배울 수 있는데, 굳이 교수가 왜 필요한가?

글로 전하고 말로 전할 수 있는 거였다면, 귄터가 그토록 슬퍼했을까?

성훈은 '당신이 진정으로 학생, 아니, 제자들에게 깨우침을 줄 수 있느냐?'고 묻고 있었다.

그러나 그는 질문의 진의를 깨닫지 못하고 있었다. 그 껍데기만 가지고 화를 내고 있었다.

"진 교수님께서는 'S대 말고는 우리나라를 선도할 수 있는 곳이 없다'라고도 말씀하셨습니다."

"생사람 잡지 말게나. 난 그런 말을 한 적이 없네!"

옆에서 회장이 넌지시 물었다.

"진짜로 말한 적 없나?"

진 교수는 미치고 팔짝 뛸 지경이었다.

"선배님까지 왜 이러십니까? 생각이야 그렇게 하더라도, 실제로 그렇게 말할 리가 없잖습니까? 제가 돌았습니까?"

그 말에 회장도 고개를 끄덕였다.

사람들 있는 자리에서 그런 말을 하다가는 사회적으로 매장당한다.

성훈이 재차 물었다.

"일부러 하신 말씀이 아니라는 말씀이십니까?"

"어허, 그런 말은 한 적이 없다니까. 지금 자네는 일부러 나를 곤경으로 몰아붙이는 것인가?"

그와 함께 회장도 성훈에게 경고했다.

"없는 사실로 진 교수를 핍박하면, 이 내가 참지 못해. 명예훼손으로 고소할 수 있다고."

그는 협박과 함께 말을 이었다.

"생각을 해보게. 그게 과연 기본적인 교양이 있는 사람이라면 할 수 있는 말인지를?"

진 교수가 저렇게 펄쩍 뛰는 것으로 봐서는 정말 기억에도 없는 모양이었다.

"회장님, 그런 말은 하는 사람은 교양이 없다는 말로 들리는군요."

"심히 불쾌하군. 이미 방송을 탔으니, 그에 대한 법적 처벌을 걱정해야 할 걸세."

이미 그는 나를 처벌하는 것을 기정사실처럼 생각하고 있었다.

'그게 의도적으로 한 말이 아니란 말이야?'

그게 더 무섭다.

그의 삶에 자연스럽게 녹아서, 뼛속까지 그 생각이 박혀 있다는 말이니까.

"당연한 거 아닌가? 내가 교수야. 교수. 그런 생각을 하고 있는데, 어떻게 학생들을 가르칠 수 있겠나?"

성훈이 진 교수를 불쌍하다는 듯이 쳐다봤다.

"왜?"

짜증을 내는 진 교수에게 성훈은 대답 대신 녹음기의 버튼을 눌렀다.

몇 주 전, 진 교수와 했던 말이 흘러나왔다.

–허, 그 말씀 똑같이 H대에 가서도 하실 수 있습니까?

–허 참, 거기서 H대가 왜 나와? 감히 쨉이나 돼?

순간 노 교수의 얼굴이 분노로 붉게 물들었다.

회장도 상당히 당황한 듯했다.

생각은 백만 번을 할지언정, 절대로 입 밖으로 내서는 안

되는 말이 아니던가?

그러거나 말거나 녹음기는 돌아간다.

진 교수의 자신만만한 목소리가 흘러나온다.

–그래 봐야 대한민국의 중요한 자리는 S대가 꽉 쥐고 있다네.

명심해.

–그럼 S대가 머리라는 말씀입니까?

–당연하지.

–S대 말고 다른 곳은 손발입니까?

–그렇지.

녹음기를 멈추고 진 교수에게 물었다.

"교수님, 더 들을까요?"

진 교수가 창백한 얼굴로 고개를 저었다.

"이제 그만하지."

성훈은 회장에게도 물었다.

"고소하실 겁니까? 무고죄로, 명예훼손으로?"

그는 아무 말이 없었다.

녹음기를 놓고 진 교수에게 물었다.

"다시 한 번 여쭤보고 싶습니다."

진 교수가 맥없이 말했다.

"또 물어볼 것이 뭔가?"

"교수님께서 진정 제자들을 가르칠 가격이 있다고 생각하십니까?"

명예훼손으로 고발을 할 수도 있겠지. 하지만 적어도 우리 대학에서 발붙이기는 어려울 거다.

다른 대학?

이런 인물을 쓰겠다는 사람이 있다는 것도 믿기 힘들지만, 만약 진 교수에게 배우는 사람이 있다고 한다면, 그들의 미래에 명복을 빌 뿐이다.

그들의 미래는 이미 죽고 없을 테니까!

54장
기둥은 꼭 있어야
하는가?(6)

그것으로 방송은 끝났다.

회장이 진 교수를 노려보며, 자리에서 일어났다.

"하마터면, 같은 편으로 취급당할 뻔했잖아. 멍청한 놈. 앞으로 동문회는 생각도 하지 마라."

진 교수는 힘 빠진 얼굴로 고개를 푹 숙이고 있었다.

바쁘게 걸음을 옮기는 회장을 누가 불러 세웠다.

"회장님."

"뭔가? 바쁜데?"

"회장님. S대 후배, 전현준입니다."

"오호. 후배라니. 반갑구만그래. 뭔가?"

"이상한 이야기를 들어서 확인하려고 왔습니다."

"이상한 이야기? 누가 무슨 말을 했기에?"

현준이 자기 뒤에 있던 사람을 앞으로 내밀었다.

"제 후배. 한동신입니다."

뜻하지 않은 사람의 등장에 회장의 미간이 찌푸려졌다.

"한동신. 미국으로 갔다고 하지 않았던가?"

"갔다가 돌아왔습니다."

회장이 험악한 인상으로 말했다.

"갔으면 거기서 살 일이지, 한국에는 뭐 뜯어먹을 게 있다고 기어들어 오나?"

현준은 동신에게 얼른 말을 하라고 부추겼다.

"네 말이 사실이면, 여기서 당당하게 말해라."

머뭇거리는 동신을 앞질러 회장이 말했다.

"흥. 논문을 훔쳤네 마네, 하는 그것 말인가?"

동신 대신 현준이 말했다.

"네. 그렇습니다."

"그게 언제 적 이야기인데, 아직도 그걸 가지고 왈가왈부하나?"

예전에 호되게 당했던지, 동신은 주눅이 들어 있었다.

하지만 현준은 이해할 수가 없다는 모습이었다.

"아무리 들어도 헛소리 같지는 않아서 말이죠."

"어허. 헛소문이래도⋯⋯."

어라. 상황이 이상하게 돌아가는데?

내가 아는 한동신은 저런 인물이 아니었다.

'저게 뭐야. 한동신, 저 사람은 적극적인 성격이라고 알고 있었는데.'

그라면 충분히 회장을 상대로 그의 비리를 알려줄 것으로 기대했었다.

내가 오늘 처음 본 한동신을 어떻게 아냐고?

2010년인가로 기억하는데, 세계적인 건축사사무소 'AECOM'의 대표이사가 그를 스카우트해 가면서 이렇게 말했었거든.

'한동신은 적극적이며 창의력이 뛰어나다. 흥미가 있으면 끝까지 파고드는 집요함도 있으므로, 누구보다 'AECOM'에 꼭 필요한 인재다.'라고.

내가 알던 그의 미래 모습과 현재의 모습은 사뭇 달랐다.

'쯧쯧. 저런 성격이니, 자신의 수고를 빼앗기고도 할 말을 하지 못한 거였군.'

지금 이 자리에는 회장을 저격할 것이라 생각했던 몇 명의 인물들이 더 있었지만, 그들 또한 굉장히 소극적이었다.

'휴. 이대로 두면 죽도 밥도 안 되겠네.'

현준의 말을 자르며 끼어들었다.

"그만두세요. 선생님. 말하기 싫다는 사람, 자꾸 그렇게 앞세우실 필요 없습니다."

"자네는 누군가?"

"아까 화면으로 보셨잖아요. U대 김성훈입니다."

"아하. 반갑네. 그리고 아까 진 교수의 말에 기분 나빴다면 미안하네. S대의 사람들이 그처럼 생각을 하는 것은 아니라네. 내가 대신 사과하겠네."

깔끔한 인상만큼이나 사과도 깔끔했다.

"알고 있습니다. 괜찮습니다."

'역시. 괜찮은 사람이네.'

내 말에 회장이 진 교수를 비웃었다.

"당연한 소리 아닌가? 그런 멍청한 소리나 지껄이고 있으니, 새파란 학생에게 수모나 당하지."

'처음에는 S대니 뭐니 하면서 진 교수를 그렇게 챙기더니, 쓸모가 없어지니 나 몰라라 내팽개치고. 간신배 같으니라고.'

나도 모르게 진 교수를 동정했다.

"현준 군. 지금 나한테 시비 거는 건가?"

"아뇨. 시시비비를 가리자는 거죠."

"뭘. 시시비비?"

'또 나서야 하나? 갈수록 적을 만드는 느낌인데.'

하지만 적을 만들 때는 만들어야지, 어쩌겠는가?

한건협 회장.

그에게 희생당한 사람은, 내가 초대한 사람 말고도 더 많겠지.

무리 가운데 또 한 사람 얼굴을 아는 자가 있었다.

하지만 그도 소극적인 성격인 듯, 몇 발자국 뒤에서 차마 앞으로 나서지 못하고 있었다.

그는 후일 미국으로 건너가, 2020년 사우디아라비아 제다 시에서 완공예정인 세계 최고층 건물 '제다타워'의 설계에 참여한다. 그 역시 미국인의 신분이었다.

오죽했으면 국적을 버렸겠는가?

한건협 회장이라는 저 쓰레기 같은 인간 하나 때문에 유능한 인력들이 줄줄이 외국으로 빠져나간다.

도움은커녕, 없는 게 오히려 도움이 될 터.

'그런 적이라면 만들어도 이득이지.'

적의 적은 동지라고 했다.

오늘의 방청객 중에는 회장의 측근이 될 사람보다 적이 될 사람이 더 많았다.

무엇보다도 지금 상황을 방관하면, 인재 유출은 물론이요, 지속적인 피해자들이 생겨날 것이다.

'내가 제일 꼴 보기 싫어하는 게. 건축을 자기 영달의 목적으로 이용하는 거라고.'

지고지순한 사랑이 다른 놈에게 그 정도 가치밖에 되지 않는다면, 응당 분노가 생기지 않겠나?

'화가 날 때는 질러야지, 쌓아두면 병 된다구.'

사람들에게 말했다.

"사실은 제가 여러분을 초대했습니다."

뜻밖의 말에 사람들의 시선이 모였다.

"초대장에 제 이름 적혀 있지 않던가요?"

"아! 김성훈이 누군가 했더니, 자네였구만. 초대해 줘서 고맙네."

"그리고 초대자를 선별하는 과정에서 피치 못하게 조사를 좀 했습니다. 3부에서는 프랭크와 질의·응답을 하게 될 텐데, 그와 수준이 맞는 건축가들을 불러야 할 것 아닙니까?"

군중이 수군거렸다.

"일리 있는 말이야. 다만 난 좀 더 나이가 있는 사람인 줄 알았지. 이렇게 젊을 줄이야."

이미 인맥 쌓기는 글렀다고 판단한 모양이다.

우리가 이야기를 나누는 사이에 회장은 은근슬쩍 자리를 빠져나가고 있었다.

'지난날의 추한 과거를 들추고 싶지는 않겠지.'

하지만 내 계획의 하이라이트는 당신이라고.

걸어가는 회장을 불렀다.

"회장님. 가시는 건 상관없습니다만, 이 이야기가 어떻게 기사로 나가게 될지는 모릅니다."

서둘러 걸음을 옮기던 그가 확 뒤돌아섰다.

"뭐야?"

그를 바라보며, 뻔뻔스럽게 말했다.

"그냥 그렇다고요. 저기 기자님들 오시네."

처음 부를 때는 오지 않겠다던 기자들이, 프랭크와 인터뷰는 꿈도 꾸지 말라고 엄포를 놓았더니, 선착순으로 줄을 섰었다.

물론 울산신문은 뺐다.

'울산신문, 엿 먹어라!'

고작 이런 일로 신문사가 타격이야 받겠냐마는, 앞으로 있을 프랭크의 일정에도 그 신문사는 끝까지 제외할 것이다.

절대로 기삿거리를 안 줘야지. 시장도 한몫 거들 텐데, 누가 이길지 보자고.

'신문사는 타격이 없어도, 편집장이라는 그 인간은 좀 타격을 입을걸.'

왜 그리 옹졸하냐고?

나 옹졸하다.

25살에게 뭘 그리 많은 걸 바라나?

회장이 분노한 얼굴로 일갈했다.

"어떤 의미로 하는 말인지 모르지만, 그 말에 책임을 져야 할 걸세."

"전 언제나 책임질 말만 합니다. 회장님."

건방진 내 말에 그의 얼굴이 한층 더 붉어졌다.

"얼마나 잘 책임질지 두고 보지."

바로 본론으로 들어갔다.

"회장님께서는 1978년도에 S 대학을 졸업하시고, 건축사

개업을 하십니다. 그리고 15년 후 동 대학 대학원에 들어가
시죠."

"그래서?"

"1978년 졸업논문을 읽어 봤습니다."

"그런데?"

"형편없더군요."

"뭐야?"

"읽어 보시겠습니까?"

민수가 재빠르게 복사한 논문을 나눠줬다.

몇 페이지 안 되는 논문을 읽으며, 사람들이 웅성거렸다.

잠시 후 누가 내게 물었다.

"성훈 군. 난 같은 내용이 두 부네. 왜 이렇게 줬나?"

그에게 대답했다.

"뒤의 것은 그 당시 일본 건축잡지를 번역한 겁니다. 맨 뒤
에 원본 있으니까, 일본어 아시는 분들은 확인하셔도 되고요."

또다시 사람들의 웅성거리는 소리가 들렸다.

"어? 완전 똑같은 내용인데?"

회장에게 말했다.

"일본어는 잘하셨나 봅니다."

그는 입을 꾹 다물고 나를 죽일 듯이 노려봤다.

그에게 다시 물었다.

"논문 내용은 기억나십니까?"

"기억날 리가 없지 않은가?"

"제목도 기억이 안 나시나 봅니다."

"그건?"

그의 말에 코웃음이 나왔다.

"훗. 전혀 기억에 없으신가 보네요. 다른 분께도 물어보죠."

뒤를 향해 물었다.

"선생님들. 대학 졸업하실 때 논문 내용 기억나십니까?"

"당연히 기억나지. 4년간의 학교생활을 총정리하는 건데, 난 아직도 어디서 데이터를 찾았는지까지 기억난다네."

다시 회장을 돌아보며 물었다.

"저렇게 말씀하시는데요? 4년간 등록금 때려 부어서, 그 졸업논문 하나 뽑아내는데 말입니다. 기억 못 하면 아깝지 않습니까?"

나도 모르게 빈정거리고 있었다.

"흥. 벌써 20년이 지난 이야기야."

당연히 그런 대답이 나올 줄 알았다.

"그 후. 1993년 동 대학원에서 논문을 내실 때는 상황이 정반대였죠. 그 당시로써는 꽤나 신선한 주제로 논문을 내신 것으로 나와 있습니다."

그는 나의 말을 묵묵히 듣고만 있었다.

"그 당시 우리나라에서는 사용도 하지 않았던 '한계상태 설계법'으로 말입니다. 그리고 상당히 호평을 받았지요?"

"그런데?"

"내용이 기억나십니까? 이건 불과 7년밖에 안 되었는데 말입니다. 그리고 회장님은 이걸로 석사 학위를 받으셨습니다."

회장이 으르렁거렸다.

"그걸 내게 묻는 이유가 뭔가?"

눈썹을 으쓱하며 그의 말에 대답했다.

"훗. 처음에는 공저자가 있었는데, 나중에는 회장님 이름만 달랑 올라 있었다는 소문을 들어서요."

회장은 얼굴이 벌게진 상태로 고함을 질렀다.

"자네. 지금 하는 말이 명예훼손에 해당한다는 거 아나?"

"법적 소송을 걸어오시면, 충분히 대응해 드릴 의향이 있습니다."

고소한다는데, 뭐 이리 당당하냐고?

한국에서 돈으로 안 되는 게 얼마나 될까?

나 부자다.

나 개인을 위해서 사용할 생각은 없지만, 이런 경우라면 언제든지, 봉인을 풀 의향이 있거든.

옆에 주눅이 들어 서 있던 한동신이 내게 물었다.

"자네가 이렇게 내 편을 들어주는 이유가 뭔가?"

그는 그럴 만했다.

아까 말한 논문의 사라진 공저자가 그였으니까.

그에게는 정의의 사도로 보였으려나?

하지만 난 전혀 그럴 생각이 없다.

그냥 한건협 회장이 꼴도 보기 싫을 뿐이다.

"아깝잖아요."

"뭐가?"

"선생님 재능이요. 잘못한 것도 아니고, 그냥 저 사람 농간에 놀아난 것뿐인데, 오해를 받고 제대로 일도 못 하시는 게 너무 아쉬워서요."

말하는 사이에 민수는 부지런히 논문을 나눠주었다.

회장에게 웃음을 날리며 물었다.

"회장님. 그때 논문 여기 있습니다. 설명 좀 해 주십시오. 회장님. 전 학생이라서 그런 어려운 설계법을 잘 모릅니다. 아직 한국에서는 아는 사람도 별로 없더라고요."

"어허. 이 사람이 지금! 장난하는 건가?"

구조는 쉬운 학문이 아니다.

통달할 정도로 공부하지 않으면 실전에서는 절대로 사용할 수 없다.

논문을 쓸 정도라면?

그건 통달했다는 거다. 적어도 그 주제에 관해서는.

'자기가 쓰지도 않은 걸 설명할 수 있을까?'

"회장님. 저도 장난칠 기분 아닙니다."

회장을 노려보며 말했다.

"제가 기자들 불러놓고 장난칠 정도로 한가해 보이십니까?"

그리고 기자들에게 슬쩍 눈치를 줬다.

'특종을 잡으려면, 제대로 바람 잡으세요.'

내 눈빛에 기자들이 득달같이 달려들며, 마이크를 내밀었다.

"회장님. 설명 부탁드립니다."

달려드는 기자들에 당황한 회장은 벽으로 밀려났다.

회장이 악에 받친 고함을 질렀다.

"다 고소할 거야. 그렇게들 알고 있어!"

하지만 그에게 쏟아지는 것은 경멸의 눈빛뿐이었다.

기자들을 밀치며, 그는 도망치듯 유치원을 벗어났다.

몇몇 기자가 회장을 따라갔지만, 기자들 대부분은 남아 있었다.

"기자님들. 판단은 직접 하십시오."

동신을 돌아보며 말했다.

"한동신 선생님은 설명해 주실 수 있나요?"

동신이 논문을 들었다.

빼앗긴 논문을 돌려받은 기분일 거다.

그동안의 마음고생이 심했는지, 붉어진 눈으로 논문을 쳐다본다.

그리고 눈물 맺힌 눈으로 웃었다.

"당연하죠. 이건 내 논문이니까요."

동신의 설명이 이어진다.

일사천리라고 할까?

기자들에게 말했다.

"오늘 기사, 기대하겠습니다."

기자들이 말했다.

"맡겨만 두라고."

"7년 전 자료들 다 찾아서 끼워 넣으시는 거 아시죠? 잘못된 기사들은 정정 보도하시고."

"그런 거라면 걱정 말아요. 성훈 씨. 신문사에 널린 게 자료들이니까."

기자들의 얼굴에 웃음이 만연했다.

그들의 눈이 말하고 있었다.

'고마워. 특종 잡게 해 줘서.'

한동신의 설명이 끝났다.

일어서는 기자들을 다시 자리에 앉혔다.

"고작 그 한 건으로는 완벽하게 특종이라고 하기 애매하겠죠?"

"이 정도면 중박은 되지. 아까 그 인간 정치권으로 가려고 계속 기웃거렸다고."

그 윗선과 윗선을 건드리는 건덕지가 된다는 말이렷다.

"하지만 완전히 매장시키기는 쉽지 않겠죠?"

이 말에는 고개를 끄덕였다.

"일단 하는 데까지는 해봐야지."

그들에게 파일을 내밀었다.

"이거 뭔데? 사건 파일 같은데?"

"여기 계신 분 중에 한건협 회장과 관련 있는 분들 파일이에요."

"엉? 정말?"

다른 건축가들의 눈도 내게로 쏠렸다.

그중에 눈을 빛내는 몇 사람이 파일의 주인공일 터.

기자들이 내게 의아한 눈빛을 보냈다.

'저런 나약한 자들을 왜 도와주냐고? 자신의 권익을 지키기 위해 스스로 싸워야 하지 않느냐고?'

나는 저들을 비난할 수 없다.

방금 나는 그들을 비난했었다. 이 정도도 헤쳐 나오지 못한다면 나와 일할 자격이 없다고.

'하지만 지난 삶의 나였다면 저들을 비겁자라고 말할 수 있을까?'

예상되는 대답은 'NO'였다.

내 눈앞에 있는 사람들은 지난 삶에서 나보다 몇 배나, 아니, 비교도 안 되게 잘 나갔었다.

한동신?

지금 저렇게 맥없이 보인다고 무시할 수 없다.

10년 뒤, 그는 수백만 불의 연봉을 받기로 하고 미국으로 건너간다. 그가 'AECOM'에 안겨준 수익은 그가 받은 연봉의 100배가 넘었던 것으로 기억한다.

그런 사람이 한건협 회장의 압력을 못 이겨서 미국으로 도망갔다. 그리고 몇 년 후에는 미국 시민권자가 되었다.

그는 사용자가 누구냐에 따라 가치가 달라지는 명검이었지만, 적어도 한국은 주인이 아니었다.

그런 그도 지금은 약자였다.

'그런 사람을 내가 품으면 어때?'

그리고 회장에게 당한 사람들도 모두 약자였다.

갑에게 저항할 수 없는 처절한 약자들.

'기회를 주는 게 뭐 어때서.'

기자들의 웅성거리는 소리가 들렸다.

"한건협 회장. 그거 개새끼네. 개새끼."

"어지간히도 많이 등쳐먹었네. 빌어먹을 놈."

저들의 욕지거리가 커질 때마다 기분이 좋았다.

'그만큼 더 크게 대서특필해 줄 테니까!'

기자들에게 소리쳤다.

"내일 아침 조간 보겠습니다. 제대로 안 하시면 알죠?"

기자들이 한목소리로 말했다.

"걱정 말라고. 우리 신문이 가장 크게 찍을 테니까. 다음에는 나부터 부르라고."

"하하, 이 기자. 난 일면에 그놈 얼굴만 반을 올릴 거야."

"자, 이제 한 사람씩 불러서 인터뷰해 보자고. 한동신 씨는 했으니까, 박주강 씨?"

미래의 제다타워 설계자, 박주강이 쭈뼛거리며 손을 들었다.

이 기자가 말했다.

"뭐든지 억울한 일이 있었다면 말씀만 하세요. 토시 하나도 안 틀리고 일면에 실어드리지요."

얼떨떨한 표정으로 박주강이 나를 본다.

"하세요. 이런 기회가 또 올 거라고 생각하세요?"

이 기자가 말했다.

"박주강 씨 다음은……."

기자들에게 바통을 넘기고 촬영장으로 돌아왔다.

"PD님, 아까 그거 찍었어요?"

"그럼 누구 명인데, 안 찍겠어."

"잘 편집해서 내보내세요. 실력 믿습니다."

"날 믿으라고. 다시는 그 인간이 세상에 얼굴 내밀지 못할 정도로 멋있게 살려주지."

한건협 회장도 최대한 수를 쓰겠지.

신문사 쪽 일을 보더라도 꽤나 연줄이 있는 것 같으니까. S대가 어디 보통 대학이던가?

하지만 과연 가능할까?

'시간 싸움이라면 내가 이깁니다. 회장님.'

이미 방송이 나간 뒤에는 되돌릴 수 없다.

그가 지을 인상을 떠올리니 미소가 지어졌다.

'평생 그렇게 구정물 속에서 살아라. 수면 위로 나올 생각 하지 말고.'

"무슨 웃음을 그렇게 무섭게 짓나? 성훈 군?"

전현준이었다. 아까 한동신의 선배라던.

"방송 시작했는데, 방청하시지 않으시고요?"

"해야지. 그보다 먼저 해야 할 일이 있지."

"뭡니까?"

"고맙다는 인사를 하러 왔네."

그는 한참이나 어린 내게 고개를 꾸벅 숙였다.

그 옆에는 한동신도 같이 고개를 숙이고 있었다.

둘이 내 손을 붙잡았다.

"고마워, 성훈 군. 한건협 회장에 대한 좋지 않은 소문이 많았다네. 하지만⋯⋯."

"나서기가 쉽지 않으셨겠죠."

"부끄럽지만 그렇다네. 고맙네. 이 은혜 절대 잊지 않겠네."

노 교수도 함부로 나서기를 저어했는데, 그보다 어린 사람들이야 오죽하겠는가?

잘못 건드렸다가는 자신의 이름은 물론이요, 모교에도 똥칠을 할 수 있는 일이기에 쉽지 않았을 것이다.

한동신의 얼굴에도 고마움이 떠올라 있었다.

"성훈 군, 정말 고마워. 10년 묵힌 체증이 풀린 기분이야."

"헤헤, 10년은 아니죠. 7년인데요."

"하하하. 그러네."

가슴의 화병이 사라진 듯, 아까보다 훨씬 더 밝은 표정이었다.

한동신을 보며 생각했다.

'옆에서 잘 케어만 해주면, 황금알을 낳는 거위가 될 사람이라고.'

지난 삶에서 그의 기사를 보고 한국의 그런 현실을 얼마나 비판했던가? 한편으로는 부러워도 했었고.

지금 내 눈앞에 한국에서 인정받지 못해 미국인이 된 인재가 있었다.

'여기서 마무리만 잘하면, 나는 이런 인재를 몇 명이나 내 편으로 만들 수 있다고.'

가슴이 두근거렸다.

너무 생색을 내는 것도 좋지 않으리라.

'뭐든지 적당한 것이 좋지.'

"그럼 저는 바빠서 이만."

가려는 나를 한동신이 붙잡았다.

아쉬워서인가? 그가 물었다.

"뭐가 그리 바쁜가? 내가 돕겠네."

'어차피 공모 설명하는 건데, 그래도 되겠지?'

그의 간절한 눈빛에 고개를 끄덕였다.

"그럼 저야 고맙죠. 공모 설명하려고 하는데, 어차피 건축가분들 대상이라."

"해야 할 일이 뭔가?"

"관심 있는 건축가들 좀 모아주세요. 설명서가 영 허접해서요."

한동신과 전현준이 고개를 끄덕이며 물러났다.

모니터에는 프랭크와 시장이 이야기를 나누고 있었다.

그리고 보이지 않는 모니터 뒤편에서는 나와 건축가들의 질의·응답이 이뤄지고 있었다.

"5개년 계획이라고 들었네. 하지만 하다가 흐지부지된다면 별로 의미가 없다네."

응당 나올 만한 질문이었다.

"시장의 다음 선거를 위한 전시행정이 아니냐, 걱정하시는 것 같습니다."

사람들 대부분이 고개를 끄덕였다.

"이 계획은 5년 동안 진행될 것이며, 분기별로 진행 상황을 시장이 직접 시민들에게 브리핑할 계획입니다."

"그럼 전시행정은 아닐 가능성이 높은데."

내 앞에 있는 젊은 건축가들이 계란으로 보였다.

'잘 구슬려서 바구니에 넣기만 하면 되는데.'

이들 중 한 사람도 10년 동안 쓸데없이 시간을 허비한 사람은 없다.

죽자고 10년을 파도 그 분야에서 이름을 알리기 어려운데, 이들은 내가 이름을 아는 사람들이었다.

"나는 성훈 군이 무슨 일을 하든, 함께 해보겠네."

기자회견을 마치고 돌아온 박주강이었다.

그 뒤로 몇 명의 사람이 더 들어왔다.

그중 몇 사람은 눈이 벌게져 있었다. 울었던 모양이다.

'그럴 만도 하지. 마음고생이 심했을 테니.'

저들 모두 몇 년 후에는 외국으로 도망칠 수밖에 없었던 사람들이었다. 한건협회장 때문에.

'그러고 보면 그 인간도 선구안은 참 좋아.'

좋은 일에 썼다면, 두고두고 칭찬을 받았을 텐데.

그들의 의견에 한동신과 전현준도 동참했다.

'분위기가 만들어져 간다. 흐흐흐.'

공모전의 세부사항은 이들에게, 그리고 여기 모인 사람들에게 그리 중요한 것이 아니었다.

'뭐 맘에 안 드는 사항이 있으면 시장에게 바꿔 달라고
하지.'

3부가 시작되었다.

건축가들이 프랭크에게 연이어 질문을 던졌다.

편안하게 주고받는 토론 분위기였다.

'과연 저 사람들 중에서 얼마나 내 영역에 묶어둘 수 있을까?'

내가 아는 한 교수라면 충분히 그들을 소화할 것이다. 시
기가 약간 빨라졌을 뿐.

'내가 삐끼라면, 한 교수는 점장인 건가?'

피식하며 웃음이 나왔다.

난 그들을 끌어들일 능력은 있지만, 끝까지 유지할 실력은
되지 않는다.

'겨우 기초 단계면서, 그런 걸 바라면 무리겠지.'

아깝지 않냐고?

'무슨 말씀을!'

한 교수가 저 그룹을 더 견고하게 하고, 나는 그걸 온전히
물려받을 역량을 키우면 되는 거지.

그럴 역량을 키우지 못하면?

역량이 되는 사람이 물려받으면 된다.

'그때는 나도 배 두드리면서 내가 하고 싶은 일 하고 있을 텐데 뭘.'

아쉬울 것은 없었다.

그런 생각을 하고 있는데, 누가 내 어깨를 짚었다.

시장이었다.

그는 흐뭇하게 웃고 있었다.

"무슨 수를 썼는지 몰라도, 한 명도 빠짐없이 공모에 참가 신청서를 냈더군."

"뭐, 시장님의 제안이 구미가 당겼던 모양이죠."

"흐흐흐. 과연 그럴까?"

"참, 나중에 공모 조항 바뀔 수도 있습니다."

"그건 알아서 하게나. 대신 자네가 주도해야 돼."

그의 말에 고개를 끄덕였다.

'당연히 그래야죠. 제 프로젝트인데.'

이 젊은 건축가들의 진짜 실력을 볼 수 있는 절호의 기회 이기도 하고 말이다.

"아까 한건협 회장을 잘 주무르던데?"

"아하, 그거요? 그분이 저질러놓은 일이 너무 많으셔서 오 히려 쉽던데요."

"더러운 수로 괴롭힐 텐데, 후환이 두렵지 않나?"

나를 시험하는 눈빛이다.

심드렁하게 대답했다.

"별로요. 저도 아는 사람 많아요. 오히려 뒤에서 시비를 걸어오면 고맙죠."

내 말의 뜻을 시장이 알 것인가?

정히 기분이 나쁘면, 회장에게 그리스행 티켓을 선물해 버릴 테다.

"꽤나 배포가 크군그래."

"제 인생이 좀 험난했습니다."

"고맙군. 이런 기회를 줘서."

"별말씀을요. 이제는 시장님 하시기 나름이죠. 실력자들은 제가 모을 테니, 마무리를 잘해주세요."

"이렇게 일만 벌여놓고 빠지려고?"

"아뇨. 당연히 같이해야죠. 하지만 굳이 제가 메인이 될 필요는 없을 것 같아서요."

나는 경험을 쌓고, 실제적인 일은 한 교수와 건축가들이 하면 된다.

울산이라는 거대한 판을 깔아줬고, 그것을 소화할 수 있는 건축가들을 데려왔다. 시장이 엉뚱하게 깽판만 놓지 않으면, 알아서 굴러갈 것이다.

'오히려 시장을 잘 감시해야겠군. 이 노인도 만만치 않은 너구리니까.'

시장이 넌지시 물었다.

"그래서 하는 말인데, 나랑 같이 일해볼 생각 없나?"

"지금 하고 있잖습니까?"

"5개년 계획?"

"네."

"그거 말고, 정치 말일세. 아까 보니 잘하더구만. 한건협 회장."

"그거야. 그럴 만한 인간이니까요."

"정치에서는 그걸 더 간단하게 할 수 있다네."

시장의 말은 빈말이 아니었다.

"아직은 생각이 없습니다. 나중에 생각해 볼게요."

나중을 말하는 내게 시장이 미소를 지었다.

"아쉽구만. 자네를 한번 키워보고 싶었는데."

"왜요? 저 말고도 정치하겠다는 사람 많을 텐데요."

"생각하는 스케일도 크고, 행동력도 있지. 그런데 무엇보 다도 사심이 없어."

"그야."

지금 관심은 건축뿐이니까 당연한 거 아닐까?

나와 함께 프랭크를 보며, 시장이 말했다.

낮은 소리였다.

"늙은이가 조언 하나 해도 되나?"

"네, 감사한 마음으로 경청하겠습니다."

하지만 여전히 내 눈은 프랭크에게 가 있었다.

"성훈 군, 나는 실패한 정치인일세."

'응?'

"그런 눈으로 보지 말게. 그래도 반절은 성공했으니 말일세."

시장이 쑥스러운 듯, 머쓱하게 웃었다.

"대부분 정치인의 목표는 제 생각대로 정치를 하는 것일세. 우리 중에 최고 통치자를 염두에 두고 있지 않는 사람은 없을 걸세. 그런 의미에서 나는 실패했다는 거지."

노회한 정치인의 인생회고인가?

가만히 그의 말을 듣고 있었다.

"정치인의 생명은 인맥이지. 그리고……. 이번 일을 계획한 자네의 의도에도 인맥이 있다고 보이네."

뜨끔했다.

'언제 그걸 알아챈 거지?'

"훗, 정치판에서만 40년을 굴렀네. 그 정도는 눈 감고도 알 수 있지. 저들 보이나?"

그의 눈은 프랭크에게 가 있었다.

"나도 인맥을 쌓으며, 정치 인생을 걸었네. 하지만 나중에 돌아보면 인위적으로 만든 인맥은 남아 있지를 않아. 마지막에 남은 것은 나를 좋아해서 따랐던 사람들이지."

그렇겠지. 결국은 사람을 따라가는 거니까.

"하지만 저 프랭크라는 양반은 굳이 인맥을 만들려고 하지 않아도 만들어진다네."

"그만한 실력과 인품이 있죠."

"그렇지. 인맥은 그렇게 만들어져야 하는 것이지. 인위적으로 만드는 것이 아니라."

"그렇죠."

시장이 말을 이었다.

"인맥(人脈) 중에서 인을 중시할 것인가? 아니면 맥을 중시할 것인가? 잘 선택해야 할 걸세."

길게 말하지 않았지만 의미는 알 수 있었다.

인(人)은 빛나는 사람을 말하는 것이리라.

자신의 매력으로 사람들을 끌어들이는 것.

맥(脈)이란 목적을 이루기 위해 의도적으로 만든 줄기를 말하는 것이리라.

하고 싶은 말이 끝난 듯, 시장이 돌아섰다.

"그리고 월드컵 약속. 꼭 지키게."

"훗, 알았어요. 걱정 마세요. 시장님."

그의 임기가 끝나는 날, 월드컵도 끝난다.

축구광인 시장은 '못해도 8강은 가지 않을까요?'라는 내 말에 '우리나라는 절대로 8강을 못 올라간다'고 못 박았다.

그리고 내게 내기를 걸었다.

내가 맞으면 자기가 부탁 하나 들어주고, 시장이 맞으면 내가 부탁 하나 들어주기로.

'붉은 악마가 잘해줘야 할 텐데.'

내가 아는 미래가 계속 변하고 있지만, 대한민국 월드컵 4강. 이건 제발 바뀌지 말았으면 좋겠다.

＊

프랭크의 한국 방문은 성공적으로 끝이 났다.

지금 우리는 미국행 비행기의 출발 시간을 기다리고 있었다.

"성훈, 벌써 이별이네."

"그러게요. 좀 더 같이 있었으면 한국 여행도 시켜드릴 수 있었을 텐데. 아쉽네요."

"그러게 말이야. 하지만 자네의 스케줄에 따라 움직이기로 약속을 했고, 난 또 스케줄이 있으니 그건 다음으로 미루기로 하세."

프랭크가 내 어깨를 두드렸다.

"또 기회가 오지 않겠어? 그리고 자네 덕분에 투자금 문제가 잘 해결되었어. 다시 한 번 고맙다는 인사를 하고 싶네그려."

"아뇨. 오히려 제가 고맙죠. 프랭크의 방문으로 도움을 많이 받았어요."

프랭크는 울산에서의 방송 말고도 다른 곳에도 많이 출현을 했다. 통역으로는 한 교수를 대동하고 말이다.

사흘 동안 계속 방송에 출연했었다.

'이제 한국의 건축 관계자 중에 한 교수를 모르는 사람이 있을까?'

이것으로 내가 아는 한 교수의 미래도 앞당겨질 것이다.

'외국의 학벌 때문에 건축계에서 외면받은 사람들이 한 교수를 중심으로 인맥을 형성할 거야.'

그것도 아주 자연스럽게 말이다.

학교 식당에서 식사를 하고 있었다.

민수와 경호도 식사를 하러 왔는지, 내 앞에 앉았다.

"선배님, 과 건물 앞에 보셨습니까?"

"아니, 나 지금 왔는데? 무슨 일이냐?"

"가보시면 압니다. 어떤 미친놈이."

"뭔데 그러냐? 민수야?"

민수가 피식 웃었다.

"경호 녀석, 부러워서 그러는 거예요. 가보시면 알아요."

우리 과 건물 앞에는 외제차가 서 있었다.

노란색 동체에 굵직한 두 개의 검정 무늬.

"어, 범블비네?"

"네? 범블비요? 저거 카마로예요. 형."

정정하는 민수를 보며 머쓱하게 미소 지었다.

"응. 알아. 말이 잘못 나온 거야."

눈앞에 있는 차는 몇 년 뒤 '트랜스포머'에 등장하는 그
차. 디자인마저도 똑같았다.

쉐보레에서 출시한 머슬카의 대명사, 카마로.

'어떤 집 자식인지 돈 좀 있나 보네.'

"선배님, 너무 한 거 아닙니까? 이거 완전 돈 많다고 자랑
하는 거 아닙니까?"

"뭐가 너무해? 굴릴 능력 되면 타는 거지. 돈 있는 게 죄
냐? 네 눈치 보면서 돈 써야 해?"

"그래도……."

"억울하면 너도 돈 벌어서 사. 그런 목표라도 있으면 일이
엄청 즐거울걸?"

민수가 투덜대는 경호에게 핀잔을 주었다.

"경호야. 성훈 형은 쿠웨이트 왕자가 페라리를 준다고 했
는데도 마다했던 사람이야. 저런 차가 눈에 들어오겠어?"

'민수 쟤가 오해를 단단히 하고 있네. 야, 나도 차 좋아한
다고.'

돈 있다고 갑질하는 걸 경계하는 거지.

사실 압둘의 선물은 너무 과했다. 지금의 내게는 보관하는
것도 문제가 될 정도였으니.

'번듯한 집도 아직 없는데, 무슨 스포츠카야.'

하지만 이제는 약간씩 봉인을 풀어도 되지 않을까? 정확히

계산해 보지 않았지만, 주식 액수가 100억은 넘은 것 같다.

'벌써 시간이 이렇게 되었네. 7월 중순이면 다른 걸로 갈아 타야지.'

그중 10억 정도는 순수하게 내가 번 돈이었다.

민수의 말에 경호의 눈이 튀어나올 듯 커졌다.

"성훈 선배님? 미치신 거 아닙니까?"

'그럴 만도 하지. 내가 들어도 그러니까, 하지만 준다고 넙 죽 받을 상대가 아니잖아.'

압둘은 자신의 마음이라고 했지만 마음의 빛이라도 지면 갚아야 한다. 그 대상이 산유국의 왕자라고 해봐. 얼마나 부 담스러울지.

'그래도 뭐? 선배한테. 미쳐?'

인상을 쓰면서 걸음을 멈췄다.

경호는 다급하게 손사래를 쳤다.

"아니. 그게 말입니다. 미치지 않고서야, 그걸 마다할 사 람이 어디 있어요?"

"그때는 그럴 이유가 있었어."

"왜요?"

경호가 따지듯이 물었다.

"그걸 너한테 말해야 되냐?"

민수가 경호의 뒤통수를 탁 치며 말했다.

"그래도 형은 저 시계 받았어. 우정의 표시라고."

"에게, 겨우 시계? 왕자라면서 쩨쩨하게."

경호에게 피식 웃어줬다.

'얼만지 알면 기절할걸? 자그마치 900만 원짜리라고. 넌 이런 시계 줘도 그 가치를 모를 거다. 돼지 목에 진주지. 쯧쯧.'

경호의 투정을 들으면서, 교수실로 들어갔다.

마침 한 교수가 있었다.

이제 대가를 받을 시간이었다.

어떤 대가냐고?

한 교수 논문을 시작하기 전에, 꽁으로 일할 수는 없다고 그에게 침대를 사달라고 제안했었다.

'한 교수가 기억이나 할까? 그래도 받을 건 받아내야지.'

들어오는 나를 보며, 한 교수가 물었다.

"성훈아, 봤냐?"

"뭘요?"

"밖에 있는 카마로."

"네, 잘 빠졌던데요. 누군지 몰라도, 부러워요."

경호가 투덜거렸다.

"그러게요. 어떤 미친……."

한 교수가 내게 자동차 열쇠를 내밀었다.

"그거 너 주려고 미국에서 가져왔다."

'엥? 이게 무슨 시추에이션?'

"네? 제 거라고요?"

"논문 도와주면 사달라고 했잖아."

"네? 제가 말한 건……."

"학교 왔다 갔다 하기 어렵다면서. 그래서 내가 미국에서 타던 거 준다고 했잖아."

한 교수는 내 말의 앞뒤를 다 자르고 학교 다니기 어렵다는 말만 들었던 모양이다.

'어? 내가 말한 건 침대였는데?'

어쩌면 코브라트위스트가 너무 강해서 머리에 충격이 갔을지도.

한 교수가 아쉽다는 듯 말을 이었다.

"약속은 지켜야지. 저거 내가 미국에서도 애지중지하던 거야. 성훈이 너니까 주는 거야."

'이걸 어떻게 설명하지?'

나라고 물욕이 없으랴?

고민하는 사이에 나도 모르게 입이 찢어지는 것은 어쩔 수가 없었다.

한 교수가 내게 미간을 좁히며 물었다.

"왜? 차 아니고 다른 거였냐?"

이 상황에서 '침대요!'라고 말하면 바보겠지.

그의 표정도 '아니면 얼른 얘기해!'처럼 보였다.

그 순간, 내 이성과 감성이 동시에 소리쳤다.

'바보야. 네가 한 말이 뭐가 중요한가? 한 교수는 기억도 못 하는데, 그의 성의를 생각해!'

그의 손끝에서 달랑거리는 열쇠를 낚아챘다.

"감사한 마음으로 잘 받겠습니다."

"엇? 야!"

"잘 쓰겠습니다. 교수님!"

"야! 그 속도……."

"네, 속도위반 안 할 테니, 걱정 마세요."

한 교수가 뭔가 더 할 말이 있는 듯했지만, 나는 이미 뛰어나가고 있었다.

여전히 학생들이 모여서 차를 구경하고 있었다.

크. 얼마나 멋있는 차인가? 내 차!

내 것이 아닐 때는 소 닭 보듯 했지만 내 것이라고 생각하니 더 멋있게 보였다.

이 기분 설명할 수 있을까?

삐빅!

학생들이 웅성거렸다.

"야, 주인 왔나 보다. 어떤 놈이지나 보자."

부러움의 시선을 받으며, 도어를 열었다.

"선배님, 선배님 차였어요?"

"그래, 지금부터 내 거다."

한 교수가 쓰던 차라고는 했지만, 깔끔한 외양이 새 차나 다름없었다.

그들을 향해 씨익 웃어주며, 차에 시동을 걸었다.

부릉. 부릉.

그르렁거리는 호랑이의 소리처럼 기분 좋은 진동이 전해진다. 이내 묵직한 파워가 등을 타고 뇌리를 찌른다.

'아, 기분 좋다.'

딸칵!

'어! 누가 허락도 없이.'

언제 따라왔는지, 민수가 조수석으로 머리를 들이밀었다.

"헤헤, 형. 타도 되죠?"

'이익, 혼자서 즐겨보고 싶었는데.'

하지만 기회는 또 있겠지.

앞으로는 계속 혼자 탈 일이 더 많을 테니까.

"타."

민수가 타는 것을 기다렸는지, 뒤쪽의 문도 열렸다. 이번엔 경호 녀석.

눈치는 살피지만 얼굴은 환하게 웃고 있었다.

"선배님, 한 번만."

'그래, 너까지만 허락한다.'

"타."

잽싸게 올라타는 경호를 민수가 제지했다.

"야!"

"네? 선배? 왜요?"

"아까 나 타는 거 봤지?"

"신발 터시는 거요?"

"응."

경호가 나를 본다.

'알아서 기어라.'

경호는 잽싸게 좌석에 엉덩이를 올리고 양발을 탈탈 털 었다.

"아싸!"

탁.

부릉. 부르르릉.

학생들의 부러운 시선을 받으며, 육중한 몸체가 스스륵 아 스팔트 위를 미끄러진다.

중후한 엔진 소리에 차와 한몸이 된 기분이었다.

중앙광장을 끼고 돌며 정문으로 향했다.

차가 지나갈 때마다 사람들의 시선이 돌아간다.

어쩔 수 없는 조건반사.

"형, 느낌이 끝내주는데요."

"저도 그렇습니다. 사람들의 시선이 집중되는……."

"아니, 차 말이야. 차."

그렇게 토닥거리는 둘을 태우고, 정문을 빠져나갔다.

알리의 페라리는 거부하더니, 이건 왜 받냐고?

'주는 대상이 다르잖아.'

한 교수가 주는 것은 받아도 된다.

'그가 주는 만큼 해줄 자신도 있고.'

그는 신뢰할 수 있는 사람이다. 앞으로도 많이 받을 거다. 물질적인 것이든 정신적인 것이든.

주는 의미도 다르다. 이건 내 노력의 산물이다. '약속의 대가이기도 하고.'

침대가 카마로로 바뀐 건 약속이 다르지 않냐고?

'대한민국 사내새끼가 시시콜콜 지난 일에 연연해서야 되겠어?'

두 번째 인생, 대범하게 살아 보자.

민수들을 보며 말했다.

"야, 해운대 가서 회나 한 접시 먹고 올까?"

민수와 경호가 나를 보며 웃었다.

"선배님, 올 때는 제가 운전해 보면…… 안 되겠죠?"

인상을 팍 썼다.

"내리고 싶어? 지금 당장? 던져줄까?"

결과적으로 우리는 기분 좋게 해운대를 다녀왔다.

밤에 돌아오면서 과속 카메라에 찍히는 봉변을 당했지만 말이다.

속도계가 '킬로미터'가 아니라, '마일'일 줄 누가 알았냐고?

기분 좋게 100으로 달리다가, 카메라에 찍히고 나서야 알았다.

"쩝. 어쩐지. 차들이 자꾸 뒤로 밀려나더라."

그때까지 조수석에서 안전벨트를 움켜쥐고 있던 민수가 말했다.

"어쩐지, 형이 이렇게 과속을 할 리가 없는데, 아무리 속도계를 봐도 100이더라고요."

뒷좌석의 경호는 속이 울렁거리는지 울상이었다.

"아까 선배님. 기분 좋다면서 130 넘게 밟으셨잖습니까?"

"그랬었나?"

"기억 안 나십니까?"

당연하지 않나?

"얼마로 달리는지 누가 매번 체크 하나?"

"저, 이제 다시는 선배님 차 안 탈 겁니다."

"그건 내 탓이 아니잖냐? 미리 말씀 안 하신 교수님 탓이지."

중간고사가 끝나고, 여름이 다가왔다.

중간고사가 지난 후, 성적 우수자들과 함께 서울을 다녀왔다. 미팅을 하기로 했었으니까.

타기 싫다는 경호를 내 애마에 태워서 말이다.

정말 '안전운행'을 했다.

'두 번째 삶에서조차 차 사고는 사양이라고.'

'이제 슬슬 공사를 시작할 때가 되었는데…….'

한국에서의 두 번째 설계가 '스타타워'라는 이름으로 현실에 모습을 드러낼 것이다.

그러던 중, 반가운 사람이 찾아왔다.

그것도 한우를 세 근이나 사 들고 말이다.

"성훈 씨, 오랜만이랑께."

"여기까지 어쩐 일이세요? 문 소장님."

"고마워서 인사하러 왔제."

"뭐가요?"

"나가 현재건설로 스카우트되었지라."

"축하드려요. 일군업체로 가신 거네요."

"그랴. 그랴. 완전히 가는 것은 아니고, 파견 형식이제."

"그건 무슨 말씀이세요?"

"형식이 뭔 상관이여? 거시기. 그 전무라는 분이 나를 높이 봤다는 사실이 중요한 것이제. 허허."

"음……."

'혹시 황 전무? 곽 이사의 상관이라던 그 사람?'

"와 그라능겨? 한우라든디, 맛이 없당가?"

"아닙니다. 잠시 딴생각이 나서요."

걱정은 나중 일이고, 일단은 순수한 마음으로 축하를 해야지.

문 소장의 말이 이어졌다.

"그 황 전무라는 분이 말여. 나를 을매나 잘 보셨는지, 마진 짭짤한 현장을 우리 회사로 드릴 텡게, 나 문봉식이를 파견해 달라고 사정혔다. 이 말씀이여!"

그는 불콰하게 취한 얼굴로 자화자찬을 했다.

"울 사장님이 전화통을 붙들고 울더랑께. 나가 울 회사를 살렸다고 말이여!"

이전 소장의 비리 때문에 회사가 휘청거린다면서, 문 소장이 걱정하는 것을 몇 번이나 보았었다.

기분 좋을 만도 했다.

나도 지난 삶에서 몇 번이나 갑급 업체에 스카우트되었었다. 그리고 그때마다 내 계급이 올라가는 것처럼 기분이 좋았었다.

'을의 위치에서 갑이 되는 것이 아니던가?'

"그라고 말이제. 아, 글씨! 연봉이 두 배여, 두 배!"

"축하드릴 일이네요."

"그것이 다. 거시기 성훈 씨 덕분이랑께. 그라고 몰딩도 그러고 말이제."

"이제 일이 잘 풀리시려나 보네요."

"그랴! 나 문봉식이 팔자가 풀리려고 허는 것이제. 이렇게 좋은 날, 떡 허니 성훈 씨가 생각나지 않여."

밤은 깊어가고 주정도 깊어간다.

"나가 말여. 성훈 씨가 없었으믄, 어디 그렇게 할 수 있었간디? 기여? 안 기여?"

"다 소장님께서 열심히 하신 덕이죠."

"사람이 은혜를 모르믄 짐승이제. 짐승!"

밤은 깊었고 소장은 잠들었다.

'부디 좋은 꿈꾸시길.'

55장
스타타워 현장(1)

울산의 '스타타워' 현장.

현재건설 문 차장이 이곳으로 발령을 받았다.

현장소장에게 인사를 하고, 현장으로 들어섰다.

'나가 여그서는 낙하산인게, 일이라도 빠삭허게 꿰고 있어야 무시를 안 당한당께.'

아무리 낙하산이라도, 실력이 있으면 무시당하지 않는 법이다.

그런데.

'어라!'

현장을 들어서자마자 느껴지는 자유로운 분위기.

그에게는 이런 광경이 익숙하지 않았다.

"와따! 현장에 일을 하러 온겨, 놀러를 온겨."

'안전모는 어디 간겨? 워매 목심줄을 내놓고 댕기네 그랴.'

자재를 어깨에 이고 지나가는 작업자의 어디에도 안전모는 보이지 않았다.

문 차장이 그를 불러 세웠다.

"거시기. 임자는 왜 안전모를 안 쓰고 댕긴다요?"

울산과는 어울리지 않는 걸죽한 사투리.

작업자가 걸음을 멈춰 섰다.

그는 문 차장을 위아래로 훑어보며 말했다.

"당신이 뭔데, 내한테 이래라 저래라 카능교?"

"아따. 현장에서 안전모 쓰는 거이 당연한 말이제. 우째 그 말에 토를 단당가?"

하지만 그의 태도는 변하지 않았다.

"그래서! 당신이 뭐냐꼬?"

"나가 이 현장 공사차장이요. 됐소?"

"치. 알았쓰요. 저기 가가지고 하이바 뒤집어쓰께요. 됐지요?"

잘못을 지적하면 고치겠다 말하면 되는 것을 저렇게 시비조로 말을 해야 하는가?

'경상도 말이 좀 거칠기는 허제. 그려도 아리까리헌디. 시비를 거는 거여. 뭐여?'

뒤돌아서서 현장으로 들어가는데, 작업자의 투덜거리는

소리가 들렸다.

"우대서 전라도 촌놈이. 퉤!"

"크흑."

들으라는 듯이 가래를 뱉는데, 가슴을 꾹 눌러 참았다.

발령받은 첫날, 사고를 칠 수는 없지 않은가?

입맛을 다시며, 문 차장은 다시 현장으로 향했다.

"현장이 완전 개판이네. 뭔 개소리가 여그까지 들린다냐!"

현장을 둘러본 문 차장의 소감은 이랬다.

"당나라 군대도 여그보다는 나을 것이여."

그가 감리사무실로 향했다.

"대체 감리들은 안전교육도 제대로 안 시키고 뭘 하능겨."

한번 따져볼 참이었다.

"이러고도 월급 받을 생각을 하능겨!"

그가 알고 있는 현장의 제1원칙은 '안전'이었다.

씩씩거리며 감리사무실로 향했다.

"어라?"

사무실 문 앞에서 아는 사람을 만났다.

"잉. 진표네? 자네가 여그 웬일이래?"

"우리 사무실로 감리 오더가 떨어졌어요."

"소장님은 서울 본사에 계신다는 말씀을 들었는데."

"거시기 나가, 월급쟁이잖여? 위에서 까라면 까야지, 별수
있간디?"

"그럼 여기로 발령받으신 거예요?"

"그렇코롬 됐구만. 글구 인자는 차장이여."

"성훈이랑은 현장 안 한다고, 그렇게 진절머리를 치시더니?"

"고것이야 소장일 때 허는 말이제. 이번에는 소장도 아니잖여!"

"여기서 이러지 마시고, 안으로 들어가시죠. 저도 아는 사람 만나니까 반갑네요."

이 현장으로 발령을 받았을 때, 곽 이사를 찾아가서 따졌었다.

"지를 거그다가 갖다 박을라고 델구 왔구만요. 그러코롬 안 한다고 말씀을 드렸는데 말이지라."

곽 이사 왈.

"문 차장. 나 좀 살려주게. 누구를 소장으로 앉혀도 성훈 군 등쌀을 못 배겨낼 것 아닌가?"

예전에 자신이 한 말도 있었으니, 문 차장도 고개를 끄덕였다.

"내 생각에는 문 차장같은 대인배가 없었다면, 그 현장은 박살이 나도 진즉 났을 거라고 확신한다네."

곽 이사는 연신 문 차장을 칭찬했다.

'대인배? 이 냥반이 입술에 꿀을 발랐나?'

허나 칭찬은 고래도 춤추게 하는 법.

따지러 왔던 문 차장의 안면근육도 춤을 추듯 꿈틀거렸다.

"지가 뭐 한 것이 있다구 그런 칭잔을 하신데요. 헤헤."

"원래는 자네를 소장으로 앉히고 싶었다네."

"어허. 이사님. 무신 그런 악담을 하신당가요. 거시기, 지 대굴빡 보이시지라. 성훈이 있는 현장에서는 소장 같은 거 줘도 안 한당께요."

그의 말에 기겁하는 문 차장을 보며 곽 이사도 작은 한숨을 내뱉었다.

'하이고. 내 팔자야. 어쩌다가 이런 놈한테 부탁을 하는 팔자가 되었을꼬.'

돈에 눈먼 놈이었다면, 거금을 주면서 소장 자리를 앉혔겠건만, 눈앞의 이놈은 법인카드 한 장이면 만족을 하는 인간이었다.

사용 용도는 퇴근 후 호프 몇 잔.

곽 이사가 싫다는 문 차장을 살살 달랬다.

"그래서 말일세. 자네 대신 기둥 소장을 앉혀 놓았네. 현장에 소장이 없어서야 되겠나?"

"허긴 그것도 일리가 있쥬."

"그러니까 일은 자네가 다 하면 되는 것이네. 성훈 군과 호흡을 잘 맞혀서 말이야."

"그라믄…….”

"책임은 기둥 소장이 질 테니까, 자네는 일만 하면 돼. 어때?”

또한 곽 이사는 소장과 동일한 급여에 맞춰주겠다는 조건까지 내밀었다.

물론 법인카드도 말이다.

"그렇게까지 말씀은 하시믄…… 최선을 다해 보겠구만이라.”

문 차장도 곽 이사가 자신의 원래 회사에 어떤 일거리를 던져 줬는지 사장에게서 들었다. 현재건설의 작은 지원만으로도, 회사는 단기간에 정상화가 될 수 있었다.

'여지껏 사장님 모시고, 여그꺼정 왔는디, 여그서 알거지로 만들 수는 없재.’

문 차장이 나가고, 곽 이사는 식은땀을 훔쳤다.

'휴. 일단 넘겼네. 진 부장. 그놈이 뻘짓만 안 하면 좋겠는데.’

진 부장을 현장소장으로 보내기 전, 그를 불러 신신당부를 했었다.

'진 부장. 그냥 소장 의자만 덥히고 있어라. 공 세우려고 하지 말고. 다음에 나오는 제일 좋은 현장은 너에게 밀어주겠다.’

눈치가 있는 놈이니, 잘 처신하겠지.

"아따 그란디. 여그 현장은 왜 이리 개판 오 분 전이고만?"

안전모를 바가지 뒤집어쓰듯이 쓰고 다니는 인간들이 눈에 띄어서 하는 말이었다.

진표가 한숨을 내쉬었다.

"기숙사 현장이 특별했지요. 그래도 다른 현장보다는 많이 나은 편이에요."

"그려도 감리라믄 싫은 소리도 하고 해야제."

"차장님. 전들 그걸 모르겠습니까? 어디, 말을 들어야 말이죠. 몇 번이나 싸웠는지 몰라요."

"그런다고 할 일을 안 해?"

문 차장의 타박에도 진표는 대들지 않고 자조적인 웃음을 지었다.

"처음보다는 많이 나아진 게 이래요. 처음에 안전모 쓰라고 했다가 맞아 죽을 뻔했다니까요."

"쯧쯧. 젊은 친구가 말이야. 깡이 없어. 깡이."

"어휴. 소장님도 햄머 들고 덤비는 걸 보셨으면 그런 말씀 못 하실 걸요."

하긴 공사 현장이 좀 거칠던가?

소지하는 공구가 흉기로 변하는 것은 순간이었다.

그 장면이 떠올랐는지, 진표가 부르르 떨었다.

"쩝. 고생이 많구만그려. 뭔가 방법이 없었냐?"

"뭐. 안전교육이라도 계속하는 수밖에 없죠. 하지만 그것도 만만치 않아요. 하려고만 들면 득달같이 달려와서 일당 물어내라고 난리를 쳐대니."

"하기사. 돈 벌려고 나왔응께."

진표가 투덜거렸다.

"사람 하나 죽어 나가야 정신을 차리죠. 에휴."

"워매. 이 사람아. 그런 재수 없는 소리는 허지도 말어. 말이 씨가 되믄 어쩔 것이여?"

"얼마나 답답하면 이러겠어요."

"현재는 현장이 깨끗하고 군기가 잡혀 있다 그러코롬 신문에 때리더구만, 그것도 아닌 모양이여."

작년 여름에 사장의 일갈이 있고 난 뒤, 현장에서는 피바람이 불었었고 그 변화된 현장을 신문에서는 건설의 선진화가 진행되고 있다면서 대대적으로 칭찬했었다.

진표가 혀를 찼다.

"쯧쯧. 그것도 순간이죠."

"하여간 말 안 듣는 놈덜은 조져야 된당께."

"냄비근성이죠. 금방 달았다가 금방 식고."

"그래도 이사들은 현장에 많이 드나든다고 하던디."

"그럼 뭐합니까? 이사들 올 때는 어떻게 귀신같이 아는지, 현장 단속을 철저히 하더라고요."

"사고가 그때만 일어나나?"

"그러니까 제가 한숨 쉬는 거죠."

"성훈이가 있었으면, 이런 건 꿈도 못 꿀 텐디 말여."

"그래요. 성훈이가 있을 때가 좋았죠."

"그라제. 까탈스럽기는 해도, 현장감독은 칼같이 잘 했는디."

"오죽하면 현재건설 사장한테까지 그랬겠어요."

"그라고도 지랄 안 허는 거 보면, 그 사장님도 대단허신 겨."

현재건설 사장이 기숙사 현장을 방문했을 때, 성훈네들을 제외하면 유일하게 사장을 만난 사람이 문 차장이었다.

"나가 소장헌테 말해 볼 텡게, 너무 걱정은 말어."

문 차장이 현장사무실로 향했다.

현장을 가로지르는데, 아무리 적응을 하려고 해도 되지 않았다. 현장 곳곳에는 악취가 풍기고, 이동 통로에는 담배꽁초가 버려져 있었다.

"요거이, 쓰레기장이래? 현장이래?"

진 소장이 문 차장을 물끄러미 바라보았다.

"그래서 하고 싶은 말이 뭔데?"

"거시기 그러니께, 지 말씀은 안전교육을 다시 꼼꼼허게 해야 헌다. 그 말씀이지라."

"그 사람들이 일을 하러 왔지. 안전교육 받으러 왔어? 그리고 의무교육시간을 채웠으면 됐지. 뭘 그리 쓸데없이 꼼꼼해?"

"사람이 다친당께요."

소장이 속으로 코웃음 쳤다.

'이 자리에 오기까지 얼마나 긴 세월이었는데.'

손금이 닳게끔 비벼서 얻어낸 현장인데, 시답잖은 놈의 훈계를 듣고 있자니, 소장의 마음에 들 리가 없었다.

진 소장에게는 20년의 노고를 보상받는 자리가 바로 여기였다. 어차피 이사로 올라가지 못하는 이상, 여기가 승진의 종점일 터!

'그동안 내게 충성한 업체들도 챙겨야지. 하긴 네놈은 그런 업체도 없겠지만.'

소장이 비릿하게 웃었다.

"문 차장. 무슨 빽이 그렇게 좋아서 핫바리 삼류 건설사에 있다가, 이리로 발령을 받았는지 몰라도, 여기서는 내가 법이야. 알지?"

"알지라. 지도 소장을 혀봤는디, 모를 리가 있겠어라?"

"흥. 저기 남목에 있는 3층짜리 기숙사? 그런 것도 현장으로 치나? 어디다가 비교를 하나?"

자신의 걸작을 비웃는데, 문 차장의 기분이 좋을 리가 있나?

'이런 싸가지가? 너그 윗사람들이 줄줄이 내 앞에서 바짓가랭이를 붙들고 늘어졌는디.'

"허지만 이사님들이 불시에 현장 방문허시믄 피바람이 불 텐디요?"

"허 참! 본사에 내 동기들이 쫙 깔려 있는데 그 정도도 모를 줄 아나? 하긴 자네는 그런 게 없겠구만. 그러니까 신경 꺼."

소장이 비릿하게 말을 이었다.

"낙하산으로 왔으면, 조용히 월급이나 타 먹다가 가라. 쓸데없이 나대지 말고. 네가 할 일은 없을 테니까."

문 차장이 문을 닫고 사라졌다.

'쯧쯧. 곽 부장님이 이사가 되시더니, 너무 소극적으로 변하셨어. 십 년 동안 나 따라온 새끼들 챙겨야 되는데, 저런 놈 눈치나 보라고. 어이가 없네!'

문 차장이 소장실을 나왔다.

'쯧쯧. 곽 이사가 저놈을 죽을 자리로 보냈구만.'

진표가 물었다.

"성훈이 분명히 오겠죠?"

"안 올 리가 없제. 실습신청 해놨다고 허던디?"

"그런데 왜 아직도 소식이 없대요?"

"아직꺼정 울산 도시계획인가 하는 것이 안 끝났다고 하더구만. 2주 후에나 온다는구만."

"빨리 2주가 지났으면 좋겠네요."

진표도, 문 차장도 스트레스가 이만저만이 아니었다.

"빨리 와도 걱정이랑께."

"왜요?"

의문을 제기하는 진표에게 문 차장이 물었다.

"자네. 감당헐 자신은 있능겨?"

"뭘요?"

"성훈이 오믄, 현장 개판이라고 우덜부터 쪼아 죽일 텐디, 그거 감당헐 자신 있냐? 그 말이여."

"그렇게까지야 하겠……."

"쯧쯧. 한동안 안 봤다고 감이 죽었구먼. 그 인간이 안면 있다고 봐줄 인간이여? 외려 알면 아는 사람이 그랬다고 더 지랄 옘병을 해댈 텐디."

"어떡하죠."

"남은 2주 동안 그래도 욕먹지 않을 만큼 현장을 만들어 둬야 한당께."

속에 천불이 났다.

'말을 해도 들어먹지를 않어.'

문 차장이 고함을 질렀다.

"그거. 담배 불 끄쇼잉. 흡연 구역꺼정 맹글어 뒀는디, 왜 맨날 담배를 물고 사방팔방 싸돌아댕긴당가?"

작업반장으로 보이는 중년이 그를 비웃었다.

"우대서 그지 깽깽이 새끼가 울산까지 와가지고 처씨부리 쌌노."

그 말을 듣고 참을쏘냐!

욱한 문 차장이 팔뚝을 걷어붙였다.

"워매. 저 싸가지! 말하는 거 보소! 느그덜은 나헌티 디져 부렀어."

＊

"차장님. 왜 그렇게 싸우셨어요."

"고로코롬 싸가지 없이 말을 하는디, 맞아야제. 그라믄 패 는디 맞고 있으까잉?"

문 차장이 퍼레진 눈두덩을 계란으로 비볐다.

"여기 현장 사람들, 다 소장이랑 한통속이래요."

"그게 뭔 소리다요?"

"소장한테 커미션 주고 들어왔다는 거죠."

"그거야 당연헌 거제. 안 그런 디가 있간디?"

"그런데요. 업체 사장들이 소장이랑 안 지가 10년이 넘었어요. 그동안 계속 소장을 따라다녔구요."

"그러니께, 일회성 떡값이 아니라. 그거구먼."

진표가 고개를 끄덕였다.

"소장 그눔이 쌍노무 자슥이구만."

"그러니까. 싸워봤자 차장님만 바보 되는 거예요."

"나 문봉식이, 그런 놈은 용서 못 허제. 저 싸가지 없는 종자들을 씨를 말려버려야 한당께."

진표가 피식 웃었다.

"차장님이 무슨 수로요?"

"2주만 기다리쇼. 줄줄이 줄초상을 내놓을 텡게. 느그들은 전부 뒈져부렀어!"

폭풍 같은 2주가 지나갔다.

새벽 6시!

여명이 어슴푸레 터오는 시간이었다.

현장 입구에 노란색 카마로가 멈춰 섰다.

현장사무실에서는 이미 점호를 끝내고, 아침 식사를 갈 준비를 하고 있었다.

언제 봤는지, 문 소장이 나를 반겼다.

"왔는가? 성훈 씨?"

"안녕하세요. 소자, 아니, 문 차장님."

입에 붙은 말을 고치려고 하면 시간이 좀 걸릴 것 같다.

"그려. 기다렸구먼. 근디 왜 이리 빨리 왔당가?"

아침 댓바람부터 찾아온 사람을 달가워할 리가 있나, 그것도 외부인을 말이다.

그들을 향해 인사를 건넸다.

"안녕하십니까? 오늘부터 이곳에서 실습하기로 한 김성훈입니다."

"아, 그래? 생각보다 일찍 왔네? 별로 할 일은 없겠지만, 많이 배우고 가요. 난 공사과를 담당하는 김 과장이야."

그를 필두로 대부분의 사람과 인사를 했다.

김 과장이 말했다.

"소장님 안에 계신데, 인사해야지?"

일어서는 그를 말리며, 문 차장이 앞장섰다.

"김 과장은 앉아 있어. 나가 들어가서 소개해 드릴랑게."

김 과장이 멀뚱거리며 문 차장을 바라본다.

'쳇, 낙하산이라도 상관은 상관이지.'

낙하산이라는 것 자체가 배경이 있다는 말이니, 잘 보일 이유는 없지만, 잘 못 보여서 누군지도 모를 권력자에게 밉보일 필요도 없었다.

'소장님, 밤새 술 마셔서 기분 안 좋을 텐데……. 쯧쯧. 당해 보라지.'

"쩝, 그러세요. 그럼, 우리는 먼저 밥이나 먹으러 가자."

김 과장이 사람들을 데리고 밖으로 나갔다.

"소장님, 성훈 군이 왔구먼요?"

"누구?"

"성훈 군 모르신다요?"

오히려 진 소장이 되물었다.

"그게 뭔데?"

사람을 앞에 놓고 둘이서 말하는 꼴이라니!

상황을 깔끔하게 정리하기로 했다.

"오늘부터 한 달간 현장에서 실습할 김성훈입니다."

소장은 나를 힐끗 보더니 물었다.

"이야기는 들었네. 학교는 어딘가?"

"울산 U대학입니다."

소장이 심드렁하게 대꾸했다.

"그래? 알았어. 나가 봐. 사고 치지 말고. 조용히 있다가 가라고."

"네, 알겠습니다."

성훈이 나가자, 문 소장이 물었다.

"소장님! 혹시 곽 이사님헌티 무신 말씀 못 들으셨는감유?"

"뭔 말? 이 친구가 원설계자라는 말?"

"네, 그것 말고도……."

"흥. 현장에서 조용히 엉덩이……. 아니, 내가 그 말을 자네에게 할 필요가 없잖아? 문 차장, 너무 나대는 거 아냐?"

"그려도. 원설계자이기도 허고, 좀 성격이 드세가지고서리 감당허기가……."

소장이 허공을 쳐다본다.

"허 참, 어이가 없어서. 나더러 저런 초짜 눈치를 보라는 거야? 자네 지금 제정신으로 하는 말이야? 현장에는 현장의 방식이 있는 거야! 머리가 그것밖에 안 되니까 삼류 건설사밖에 못 갔지. 썩 나가!"

소장실에서 쫓겨나면서, 문 차장은 다시 한 번 차도살인지계(借刀殺人之計)를 떠올려야 했다.

'진짜로 곽 이사가 성훈이를 언급 안 한 겨? 그럴 리가 없는디! 참말로 그랬다면, 이놈을 죽이려고 허는 게 확실허네. 안 그라믄 이럴 수가 없당께.'

문 차장이 현장을 설명하고 있었다.

내게는 처음이었고, 도면과 현장은 다르니까?

문 차장이 눈살을 찌푸렸다.

"저것들이 또!"

"왜요?"

"나가 그러코롬 주의를 줬는디."

문 차장의 손끝은 작업자를 가리키고 있었다.

문 차장보다 앞서 고함을 질렀다.

"거기 작업자분! 안전모 착용하십시오."

공구를 들고 가던 작업자가 삐딱한 얼굴로 나를 바라보았다.

그에게 대뜸 물었다.

"여기 작업반장 누굽니까?"

대답은 내 뒤에서 들려왔다.

"낸데?"

거친 경상도 사투리를 쓰는 남자였다.

서른 중반에 키는 190㎝ 남짓, 체중은 100㎏을 가볍게 넘는 거구였다.

해머를 어깨에 메고 나를 삐딱하게 내려다본다.

'허 참, 양아치 소굴이냐?'

전생에 내가 지은 죄가 많았나 보네.

어찌 가는 곳마다 이런 놈들만 만나는 건지.

'하긴 차 반장 같은 사람을 만난 게 행운이겠지'

기숙사 석공사를 담당했던 차지석이 떠올랐다. 액면대로 청년이었다면, 겁을 먹었을지도 모른다. 하지만 좋은 꼴보다는 더러운 꼴을 더 많이 보며 40년을 넘게 살았다. 그 세월 동안 덩치로 겁주는 놈들이 한둘만 있었을까? 그는 내 안전모의 '기사'라는 명칭을 봤는지, 말투를 바꿨다.

"와요? 우리 아가 뭘 잘못했는데요?"

말투로 보아, 진주나 마산 쪽이 아닐까?

"안전모 미착용입니다."

"그래서요? 벌금 딱지라도 띠실라고?"

"흐흐. 교통 갱찰인갑네요. 갱찰이면 나가가 교통정리나 하소."

딱 봐도 신참인 나를 아까의 작업자가 비웃었다.

'텃세냐?'

삐딱하게 시비를 거는 꼴이 싫다.

왜 말을 하면 들어먹지를 않는 거냐?

왜 착한 사람을 나쁜 사람으로 만드는 것인가?

'문 차장은 또 왜 이래?'

지금쯤이면 말린다고 설레발을 쳐야 할 문 차장도 가만히 상황을 지켜보고 있었다.

문 차장을 본 반장이 피식거렸다.

"아이고, 우리 거시기 차장님도 같이 있었네. 몰라봐가 미안함니데이."

허리를 숙이는데, 얼굴은 문 차장을 빤히 바라보고 있다. 명백한 도발!

하지만 문 차장은 더 해보라는 듯이 눈썹만 꺼떡거리며 웃음을 띠고 있었다.

"허 참, 재미없네. 그런데 나는 와 찾능교?"

도발을 해도 반응이 없자, 내게로 시선을 돌렸다.

"내일 안전 교육 실시합니다. 한 분도 빠짐없이 참석하세요."

반장의 얼굴이 찌푸려졌다.

"뭐요? 안전 교육?"

"네."

"참나. 또 실데 없는 짓거리를 해쌌네. 시간만 낭비하구로. 내가 현장만 20년을 굴렀심더. 그만합시더."

현장 교육을 그만큼 많이 받았다는 말을 하고 싶은 거겠지.

"100년을 받으면 뭐합니까? 바뀐 게 없는데요."

"안 한다면 우짤깁니꺼?"

네까짓 게 무슨 방법이 있겠냐고 묻는 건가?

"이 팀은 내일부터 현장에 들어올 생각 하지 마십시오."

웃음을 띠었지만, 단호한 내 음성에 반장의 얼굴이 굳어졌다.

"뭐라꼬예?"

"그럴 능력 되시면, 해보셔도 좋습니다."

"그라믄 현장이 바로 스탑될낀데?"

겁주는 거냐?

"그건 반장님이 걱정하실 일이 아니죠."

반장의 눈이 문 차장에게로 향했다. 문 차장은 뭔가 재밌는 일을 찾았다는 듯, 슬며시 웃고 있을 뿐이었다.

반장의 태도가 바뀌었다.

"몇 시에 가믄 됩니꺼?"

"오전 10시에 오세요."

"그거는 안 되겠는데예. 오전 공치잖아. 왔다 갔다 하는 시간만 한 시간인데. 점심 묵고 바로 합시더."

"네, 알겠습니다. 한 분도 빠지면 안 됩니다."

"알았심더."

돌아가는 등 뒤로 수군거림이 들려왔다.

"쟈는 뭐꼬?"

"몰라예. 오늘 첨 보는데?"

"와, 씨발. 존나 기 쎄보이는데?"

"기사가 무신 베슬이가? 저래 대가리 빳빳하이 들고. 안전 교육은 또 무신?"

"내일 점심 묵고 바로 모다라. 알았제. 그깟 안전 교육 10분이면 끝나니까, 소화도 되고 딱 좋네."

내 옆을 걷던 문 차장이 물었다.

"성훈 씨, 화도 안 나는가? 나는 부아가 치미는디?"

"훗, 화는 나죠."

"그란디 왜 그리 평온하대?"

"평온해 보입니까?"

"그라니께 묻는 것이제."

"몰라서 저러는 거예요."

"뭐가?"

"목숨이 얼마나 소중한지. 살아 보니까, 죽은 뒤에는 아무 것도 필요가 없더라고요."

"흐흐. 꼭 죽어본 사람마냥 말을 허는구먼."

사람은 죽으면 모든 것이 끝이다.

'그건 내가 누구보다 더 잘 알지.'

내 딸 예진이를 알지만, 아무것도 할 수 없고, 줄 수도 없는 것처럼. 그저 기억으로만 존재한다.

행복한 기억임과 동시에 무시무시한 악몽이다.

현재의 내 삶에 도움되는 것은 아무것도 없다.

과연 그것이 필요하다고 말할 수 있을까?

차장이 재차 물었다.

"그란디 저놈들은 어떻게 조질 생각이여?"

"조지긴 뭘 조져요?"

"그라믄 저렇게 덤비는디, 가만 놔둬?"

"일단 교육을 시켜야죠."

"교육? 안 쫓아내고?"

"저 사람들, 불쌍한 사람들이에요. 밥줄 끊어놓으시려고요? 앞으로 조심하게만 하면 되는 거지!"

"허, 이상허네. 이럴 사람이 아닌디?"

내가 무슨 싸움꾼입니까?

이런 사람들과 드잡이질이나 하고 있게?

문 차장이 내 속을 슬쩍 떠본다.

"덩치에 쫄았구만!"

"흐흐흐. 아니거든요."

"당최 이해가 안 된당께. 이럴 사람이 아닌디?"

"돈을 벌 목적으로 현장을 왔는데, 벌게 해줘야죠. 안전 교육하러 온 건 아니잖아요."

"여그 소장이라는 놈도 똑같은 말을 하더랑께."

"하지만 현장과 개인의 목적이 항상 동일할 수는 없죠."

"뭔 소리여?"

"기다려 보세요. 며칠 내로 현장 정상화시킬 테니까요."

그러나 문 차장은 마음에 들지 않는 모양이었다.

"그깟 안전 교육 따위는 몇백 번을 해도 안 될 것인디."

걱정인지 실망인지 모를 소리를 하면서 현장으로 사라졌다.

'차장님, 교육을 하려면 제대로 해야죠. 눈높이를 맞춰서 말이죠.'

감리사무실로 발길을 옮기며 전화기를 들었다.

"김 기자님, 잘 지내십니까?"

―성훈 씨가 어쩐 일이야. 저번엔 신세도 많이 졌는데.

"에이, 뭘 그런 걸 가지구요."

―덕분에 우리 신문이 울산신문을 제치고 탑이 됐잖아.

"그래요? 잘됐네요."

간만의 내 전화가 진심으로 반가웠던지, 이런저런 이야기를 해댔다.

―울산신문 편집장 잘리고, 치킨집 한다고 하더라고.

"네? 기자가 아니고요?"

―그 사람은 이제 이쪽 일 못 해! 신문업계에 이름 다 팔렸잖아.

"쩝, 그런 걸 바란 건 아니었는데."

―그래도 얼마나 속이 시원한데. 맨날 울산이 지 나와바린 줄 알고 이래라저래라 나댔었는데.

"하지만 그럴 정도까지는…….":

―워낙 한 짓이 악질이었잖아? 신문기자가 보도를 해야지. 힘 좀 있다고 주변을 눌러버리니까. 그 행태가 다 소문난 거지.

울산신문 편집장이 내 기준으로야 나쁜 사람임이 분명하지만……

'죄책감은 없어. 인과응보지! 뭐.'

더 이야기가 길어질 것 같아서, 용건을 말했다.

"부탁하고 싶은 게 있어서 전화드린 거예요."

—그래? 뭐든지 말만 해. 내가 할 수 있는 건 모두 해주지.

"그리 힘든 건 아니에요."

"진표야, 무엇 허냐? 호프나 한잔?"

문 차장이 장난스럽게 웃으며 손목을 꺾었다.

"오늘은 안 돼요. 바빠요. 속도 메슥거리고."

"그라지 말고 가자. 이 현장서 말 통하는 사람 자네밖에 없당께."

"왜요? 성훈이도 있잖아요."

"오늘부로 아녀. 난 성훈이잔티 실망이랑께."

"왜요?"

"나가 그렇게 맞았으믄, 시원하게 복수를 해줘야 할 것 아녀? 기여. 안 기여?"

"성훈이가 소장님, 아니, 또 소장님이래, 하여간 차장님이 홍 반장이랑 싸운 거 알아요?"

"아차, 그러고 보니……. 말을 안 혔네."

진표가 피식 웃었다.

"성훈이가 무슨 신도 아니고, 그럼 어떻게 알아요?"

"하도 평소에 귀신같이 굴어서 그런 것이제."

"하긴 저도 그런 마음 들 때가 있어요."

문 차장이 말했다.

"진표야. 나는 성훈이, 갸가 뭔 생각을 하는지, 당최 모를 때가 있당께."

"아! 저도 그렇다니까요?"

"깜짝이야. 왜 고함이여. 고함은."

"아, 귀찮게 하지 마시고 퇴근하세요. 쫌!"

화면에 몰입하는 진표를 보며, 문 차장이 손목을 꺾었다.

"일은 그만허고! 한잔하자니께."

"다른 사람들은 야근한다고 난리인데, 소장님 혼자서 한가하세요? 안 바쁘세요?"

"바쁘긴 뭘 바뻐. 나가 낙하산이라고 취급도 안 해준당께. 현장의 문제점을 말혀줘도, 들어먹지를 않어."

분통이 터지는지, 그는 자기 가슴을 탕탕 쳤다.

"나가 낙하산 취급 안 당헐려고 얼매나 현장을 싸돌아댕겼냐? 안 그냐?"

진표도 그의 말에 고개를 끄덕였다.

문 차장은 성훈이 없는 2주 동안 부지런히 현장을 돌면서 개선점을 요구했었다. 안전모와 흡연 구역에 대한 다툼은 그 야말로 새 발의 피였다.

"하긴. 차장님보다 이 현장 잘 아는 사람은 없을걸요."

진표는 다음 말을 삼켰다.

'그리고 트러블 메이커이시기도 하구요.'

해결할 능력은 부족한데, 지적질을 해대니, 싸움이 안 나면 오히려 이상할 노릇.

진표가 문 차장을 달랬다.

"걱정 마세요. 그렇게 기다리던 성훈이가 왔잖아요."

"그러니께 허는 말이잖어. 헌디 이번에는 성훈이가 하는 짓이 영 시원찮당께. 원래 그런 아그가 아니었는디?"

'성훈이 앞에서는 깍듯이 존대를 하면서. 크크.'

"왜요?"

"고 싸가지 없는 것들을 쫓아내는 게 아니라, 안전 교육을 한다니께 하는 말이제."

"안전 교육요?"

"응!"

"그랬구나. 그래서 나한테……."

"뭔 일 있어?"

"이거 보세요?"

모니터를 문 차장에게로 돌렸다.

"으헉! 이게 뭐다냐?"

그의 눈이 튀어나올 듯 동그래졌다.

"내일 쓸 교육 자료예요."

"이걸? 미친 거냐? 진표야!"

"몰라요. 어디서 구해왔는지, 오늘까지 끝내래요. 안 그럼 제가 내일 안전 교육 직접 해야 돼요."

"크하하하. 그럼 그렇지. 성훈이 그놈 또라이여."

"다음 페이지도 보실래요?"

"됐당께. 일없어. 수고햐!"

그 한마디를 남기고, 문 차장은 사라졌다.

"식사들 맛있게 하고 오셨습니까?"

홍 반장이 성훈의 인사에 거만하게 말했다.

"와? 감리 서 과장은 자리에 앉아 있고, 기사님이 하는 깁니꺼?"

"서 과장님은 속이 안 좋으신 관계로 제가 하게 되었습니다. 문제라도 있습니까?"

그들이 보기에도 자신들과 마주 앉은 서 과장은 안색이 창백하고 몸이 안 좋아 보였다.

"아이고. 서 과장님. 몸이 안 좋으면 퇴근을 하지. 그라믄 우리도 이런 거 안 하고 좋겠구마는. 퍼뜩 퇴근하소."

진표는 감리라는 신분 때문에 여기에 있는 것이었다.

진표가 측은한 표정으로 그들을 바라보았다.

'내 걱정할 틈 있으면, 당신들 걱정이나 하쇼.'

홍 반장은 진표의 소리 없는 걱정을 무시했다.

"거. 긴말 하지 말고. 규칙대로 하쇼. 일분일초라도 어기면 여기서 대가리를 박살을 내버릴 라니까."

그가 들고 온 해머를 위협적으로 흔들었다.

하지만 성훈은 그 모습에 웃으며 고개를 절레절레 흔들었다.

"규칙 좋아하시니, 규칙대로 하죠. 다만……."

"다만 뭐?"

"정확한 시간 내에 끝낼 테니 걱정 마십시오. 다만 중간에 지겹거나 귀찮다고 나가시거나, 눈을 감고 주무시는 분들은 교육 이수에 실패하신 걸로 간주합니다. 동의합니까?"

"알았다고 몇 번을 말해요? 염병. 안전교육 하나 가지고 별 지랄을 다 하네. 눈 감는 놈 있으면 내가 대가리를 박살내 뿔라니까. 마! 퍼뜩 시작하소!"

그의 말을 조용히 듣던 성훈이 말을 이었다.

"그리고 지수진 씨하고 정규현 씨는 불참하셨네요. 내일 교육에는 꼭 참석 부탁드립니다."

홍 반장의 눈이 동그래졌다.

작업자들이 웅성거렸다.

"그러네. 어디 갔어? 아까까지만 해도 있었는데."

"큼큼. 그 둘은 작업 단도리하라꼬 먼저 올리보냈다. 내일은 꼭 교육 때 챙기 보낼 거니까. 넘어갑시더."

말 안 하면 모르고 넘어갈 줄 알았는데, 홍 반장은 가슴이 뜨끔했다.

'고새 그걸 눈치를 깠다고? 귀신이네. 귀신!'

한 달째 같이 일한 박 대리도 눈치를 못 챘는데.

홍 반장이 물었다.

"근데. 그거는 또 우째 알았능교?"

"아침 조회 시간에 얼굴 다 봤는데, 모르면 어떡합니까? 다음에도 불참하시면, 현장출입금지합니다. 그렇게 아십시오."

같이 동석을 하고 있던 문 차장이 피식 웃었다.

'이 등신들아! 사냥감으로 찍었는데, 성훈이 저 인간이 대충 넘어갈 거 같아? 느그는 오늘 디졌어! 사람을 대충 봐도 너무 대충 봤지.'

생각만 해도 실소가 터져 나오는 문 차장이었다.

당해 본 자만이 알 수 있는 정해져 있는 결론!

그렇게 안전교육이 시작되었다.

현장의 빔프로젝터의 내용이 넘어간다.

사람들의 입에서 한숨이 나온다.

"이미 다 아는 내용을 머할라꼬 저래 설명을 해쌌노."

"하모. 이거는 시간 낭비라 카이까네."

홍 반장이 작업자들을 조용히 시켰다.

"조용히 해라. 인자 10분도 안 남았다. 그래도 소화는 잘된다 아이가?"

그는 다리를 꼬고 앉아 한 팔은 해머의 자루에 턱 걸치고 있었다.

빨리 끝내고 돌려보내 달라는 무언의 항의였다.

성훈이 말했다.

"지금까지 안전장비를 왜 제대로 착용해야 하는지, 그 이유에 대해서 말씀드렸습니다. 그럼 이제는 안 쓰면 어떻게 되는지를 말씀드리겠습니다. 서 과장님. 다음으로요."

딸칵.

전방의 화면이 바뀌었다.

버튼을 누르는 진표의 안색이 더 창백해졌다.

피투성이가 된 작업자의 사진이었다.

"이 사진은 2000년 6월 17일, 일주일 전 안산의 한 현장에서 낙석으로 인한 사망사고의 사진을 찍은 겁니다."

어찌나 큰 돌이 떨어졌는지, 뒤통수가 패이고 검붉은 피로 칠갑이 된 뇌가 허옇게 드러났다. 뇌 주름 사이에는 마른 피딱지가 붙어 있고, 함몰된 부분에는 피가 고여 굳어 있었다. 건드리면 말랑거릴 것 같은 핏덩이 위로 파란 하늘의 흰 구름이 얼핏 보였다.

사진을 넘길수록 피해의 현장이 클로즈업된다.

교육을 지켜워하던 작업자들이 웅성거렸다.

"우욱."

"속이 미식거리는데."

비위가 약한 자들은 이미 헛구역질을 하기 시작했다.

성훈의 차분한 설명이 이어졌다.

"이분이 안전모를 착용했었다면, 사망에까지 이르지는 않았을 것입니다. 보시다시피 사인은 현장에서 떨어진 주먹만한 돌멩이였습니다."

시체 옆에는 피 묻은 돌멩이가 놓여 있었다.

누군가가 말했다.

"홍 반장. 내 먼저 나가 있으믄 안 되겠나? 소피가 매렵으가 미치겠다."

"어허. 인자 5분밖에 안 남았다. 이런 지겨운 교육을 또 받고 싶나? 객쩍은 소리 하지 말고, 째매만 참아라!"

"그래도."

"앉아라! 헛소리 지껄이지 말고!"

호통을 치는 홍 반장의 얼굴도 그리 밝지는 않았다.

성훈이 빙긋 웃었다.

'그러셔야지. 이제부터 시작인데.'

남은 5분 동안 어떤 사진이 준비되어 있는지는 진표만이 알고 있었다.

진표에게 말했다.

"과장님. 다음 사진요."

진표가 무뚝뚝한 표정으로 화면을 등지고 버튼을 눌렀다.

"우욱!"

문 차장이 입을 양손으로 틀어막더니, 문을 박차고 밖으로 뛰쳐나갔다.

사진을 보던 작업자들의 눈이 찔끔 감겼다.

"공진석 씨. 주무십니까?"

성훈은 정확히 그의 이름을 지적하며 물었다.

하지만 그는 눈뜨지 못하고, 크게 숨을 들이쉬었다.

"아입니다. 자는 거 아닙니다."

"그럼 눈 뜨십시오."

"알았심다."

좌중을 모두 둘러보며, 성훈이 말을 이었다.

"이 사진은 6월 24일, 바로 어제 춘천의 현장에서 발생한 실족사 사건입니다."

고층 현장 아래 누워 있는 한 남자의 모습이었다.

온몸의 뼈가 다 부러진 남자의 시체가 문어처럼 널브러져 있었다. 물론 온몸에는 피 칠갑을 하고 말이다.

"이분은 안전모 미착용도 있지만, 현장에 방치되어 버려진 폐자재를 발판으로 생각하고 디뎌서 사고가 발생했습니다. 함께 일하던 동료의 증언이 있었다고 합니다."

좌중의 시선을 보면서 다시 설명을 이었다.

숨죽인 침묵이 교육장을 덮었다.

시간이 멈춘 듯, 들리는 것은 성훈의 말소리뿐이었다.

"형. 사진 뒤로요."

딸각.

"총 20층까지 올라간 건물인데, 15층에서 떨어졌고, 보시다시피 현장 아시바에는 피가 점점이 묻어 있습니다."

아래로 내려올수록 더 많은 피가 묻어 있었다.

성훈이 지휘봉으로 핏자국들을 짚었다.

"보시다시피, 여기에 부딪히고 나서, 여기, 여기, 여기까지 충돌을 한 겁니다."

성훈의 봉 끝이 결국 사망자에 닿았을 때, 홍 반장이 고함을 질렀다.

"여서 이런 사진을 와 보이주는 겁니꺼? 우리가 무신 갱찰서 행사라도 되는 줄 아능교?"

"이게 여러분이 안전을 등한시할 때, 생기는 결과입니다."

"그게 우리랑 무슨 상관이냐고?"

"이분은 죽기 직전까지 자신이 이런 사고를 당하리라 생각하셨을까요? 이분의 결정적인 사인은 팔다리의 골절이 아니라, 뇌 손상입니다."

그림이 성훈의 설명에 따라, 차례대로 넘어갔다.

팔, 다리, 복부, 그리고…….

성훈의 봉끝이 사망자의 머리로 향했다.

눈, 코, 입만 모자이크 처리 되어 있을 뿐. 그 뇌수의 흘러내림은 적나라하게 보여주고 있었다.

"보이시죠? 여기!"

홍 반장의 얼굴이 벌게졌다.

"그러니……. 우욱!"

목구멍 깊숙한 곳에서 터져 나오는 구역질 소리였다.

성훈이 차분하게 말했다.

"책상 안에 검은 봉지 있습니다."

허겁지겁 봉지를 빼낸 홍 반장이 연신 구역질을 해댔다.

그 소리가 신호가 되었던지, 여기저기서 구역질 소리가 났다.

신물 나는 냄새가 교육실에 가득했다.

"우욱! 김 기사님. 우리 안전모 잘 쓰고 다닐 테니까. 우욱! 인자 고마하모 안 되겠심니꺼? 내가……."

고개를 들고 말하는 그의 눈에 눈물이 그렁그렁 맺혀 있었다.

"우욱. 뚜껑 안 쓰고 댕기는 놈은 이 함마로 대가리를 뽀사삘 테……. 우욱! 우욱!"

대가리를 말하다 보니, 좀 더 심하게 사진에 감정이입이 되었던 모양이다.

그러나 성훈은 냉정했다.

"애초에 규칙을 지키라고 말씀하신 분은 반장님이십니다."

구역질을 하던 작업자들의 시선이 반장에게 쏠렸다.

원망의 눈빛을 가득 담은 채.

우욱!

"우욱! 하모 인자 몇 장이나 남은 겁니꺼?"

도전하는 거냐?

"다 보시려고요? 그럼 두 시간은 잡으셔야 합니다. 물론 지금 보시는 것은 그중에서 강도가 제일 약한 것만 고른 겁니다."

"뭐라꼬예? 저기 약한 거라꼬?"

홍 반장은 도저히 믿을 수 없는 모양이었다.

'이기 약한 기라꼬? 하모 더 쎈 기 있다꼬? 말이 되는 소리를 하소! 쫌!'

홍 반장의 눈은 비명을 내뱉고 있었다.

"진표 형!"

여태껏 차분한 표정을 유지하던 진표가 얼굴을 일그러뜨리며, 헛구역질을 했다.

상상도 하기 싫다는 표정이었다.

"성훈아. 그거 할 거면 나도 나간다. 하지 마라. 제발. 욱!"

성훈이 전방을 보며 물었다.

"확인하시려면 시켜드릴 수 있습니다."

일동의 눈이 동그래지며 양 볼이 부풀어 올랐다.

그리고 일제히…….

"우욱! 그만."

그 뒤로도 성훈의 교육은 이어졌다.

각반을 제대로 안 차서 발밑에 튀어나온 철근에 걸려 넘어지면서, 다른 철근 쪼가리에 머리를 찍힌 사람의 사례.

그의 치명적인 부위를 가리키며 말했다.

"이분도 사망하셨습니다."

영화에서도 모자이크 처리를 해야만 하는 장면들이 적나라하게 보였다. 애원하는 홍 반장의 눈길을 사뿐히 무시하고 성훈의 말이 이어졌다.

"하지만 규칙은 규칙. 진표 형 다음 장으로……."

작업자들 일부가 문을 박차고 뛰쳐나갔다.

3분이 지났을 때, 30명의 인부 중 반만이 남아 있었다. 얼굴이 핼쑥한 모습으로 말이다.

"고생하셨습니다. 남으신 분들은 여기 사인하고 나가시면 됩니다."

멀쩡한 사람은 아무도 없었다.

모두 입가에 번들번들 침을 묻힌 채, 참석자 명단에 이름을 적어 넣었다. 교육을 시작할 때의 화기애애한 표정은 사라지고, 모두 죽은 동태눈깔 같은 모습이었다.

마지막으로 홍 반장이 사인을 했다.

"홍 반장님!"

"우욱! 아. 와요?"

빈정거렸던 그의 음성에는 이제 진심이 담겨 있었다.

"저 규칙 지켰습니다."

"하모요. 하모요. 기사님은 규칙 지켰습니더. 인정하께요. 됐지요?"

"인정해 주셔서 감사합니다."

"안전 장비 학실히 잘 갖추고, 자재 정리도 학실히 할 테니까. 우리 다시는 얼굴 보지 맙시더. 안전모 안 쓴 놈들은 내가 이 함마로……. 우욱!"

한결 공손해진 그에게 말했다.

"하지만 안전 교육이 한 번 더 있잖아요."

"내 글마들 확실히 챙겨서 보낼 테니까……."

"그때 반장님도 함께하셔야 합니다."

그가 버럭 고함을 질렀다.

"우욱! 내는 벌써 한 번 받았잖아요! 또 와요?"

"책임자는 같이 참석해야 합니다."

"이번 한 번만 넘어가믄 안 되겠습니꺼?"

"안 됩니다."

"와요?"

"규칙입니다."

"그거를 또 봐야 된다꼬? 우욱!"

다리에 힘이 풀려 주저앉은 홍 반장을 그의 부하들이 어깨동무를 하고 부축해 나갔다.

그들의 등에 대고 말했다.

"내일 1시에 나머지 분들 모두 오라고 해주십시오."

"하모 밥 묵기 전에 하믄 안 되겠십니꺼? 김 기사님?"

"안 됩니다. 이미 다른 팀의 교육이 잡혀 있습니다. 그리고 시간은 반장님이 선택하신 겁니다."

"바까주면 된다 아입니꺼? 한 번만 쫌 봐 주이소."

"안 됩니다. 규칙입니다."

"끙. 그노무 규칙……. 우우웱!"

홍 반장은 후들거리는 무릎을 부여잡고 계단을 내려갔다.

"박 씨."

"와요?"

"니 저번에 반장 되는 기 소원이라캤제? 니가 반장해라."

"엑! 제가 미칬능교? 안 합니더. 절대로 안 합니더. 우욱."

"어허이. 우욱. 반장해라 카이까네."

"아 씨발놈아. 그런 반장 줘도 싫다꼬."

안에서 성훈의 소리가 들려왔다.

"엉뚱한 사람을 대리로 내세우면, 처음부터 다시 합니다."

"아 씨발! 우욱!"

밖에서 대기하던 사람들도 연달아 구역질을 해댔다.

구역질도 전염이 되는 모양이다. 하품처럼 말이다.

진표가 물었다.

"꼭 이렇게 해야 하는 거냐?"

"왜요. 힘드세요?"

"이거 보고 골라내는 게 진짜…….."

"형님. 먹고살자고 하는 일인데, 다쳐서야 되겠습니까?"

"너무 상황을 극단적으로 보는 거 아니냐?"

"저는 제 현장에서 이런 일이 일어나지 않았으면 하는 바람뿐입니다. 저를 아는 분들의 사진을 저런 상황에서 찍고 싶지 않을 뿐이구요."

진표가 조용히 고개를 끄덕였다.

끼이익.

문 차장이 얼굴을 빼꼼이 들이밀었다.

"다 끝났는가? 진표야?"

"맛이 이상한가?"

주방장이 미간을 찌푸렸다.

찬모가 그에게 물었다.

"왜요? 무슨 걱정이라도 있어요?"

"저거 봐!"

그가 가리키는 곳은 잔반통이었다.

"왜요?"

"어제보다 세 배는 많이 나왔어."

"그러네요."

"그런데 문제는 뭔지 알아?"

안에서 반찬을 나르고 설거지를 하는 그녀가 알 리가 없었다.

"뭔데요?"

"식사하는 사람 수는 줄었다는 거야."

점심시간이 거의 끝나 가는데, 아직도 해 놓은 밥은 산처럼 쌓여 있었다.

"너무 식사하는 사람이 적어서 현장 사무실에 연락을 해 봤거든."

"그런데요?"

"어제랑 별반 차이가 없었어."

주방장은 식대로 가서 반찬을 집어 먹어 봤지만, 아무런 이상이 없었다.

"맛이 없으면 투덜대면서 항의라도 할 텐데. 아무리 생각해도 이상하단 말이야."

찬모가 고개를 갸우뚱했다.

"그러면 여름이라 밥맛이 없나 보죠."

"야. 이 여편네야! 단체로 밥맛이 없다는 게 말이 돼냐? 저봐. 먹는 사람들은 잘 먹잖아!"

"왜 저한테 그러세요. 제가 그러라고 시킨 것도 아닌데."

"에이. 재수 옴 붙은 날이네. 내일은 특별 보양식으로 꾸려봐야겠다."

오늘 식당의 손해가 막심했다.

남은 밥은 모두 잔반통으로 들어갔다. 더운 여름 어차피 놔둬 봐야 상하기밖에 더 하겠는가?

"이왕 할 거면 통 크게 해야지. 네깟 놈들 달아난 입맛을 잡아주마!"

주방장이 식당 앞에 크게 메뉴를 붙였다.

〈내일의 특별메뉴 : 삼계탕〉

-선착순 500명

다음 날은 더 심했다.

식사를 하러 오는 사람들이 어제보다 반으로 줄었기 때문이다. 그나마 밥을 먹으러 왔던 사람들도 몇 숟가락 뜨지 않고 모두 잔반통에 부어 버렸다.

"하아. 이거 뭐지?"

솥에서는 닭 500마리가 익어가고, 조리를 하는 주방장의 속은 바짝바짝 타들어 갔다.

"하. 이거 돌아버리겠네."

닭 한 마리를 그대로 잔반통에 버리고 나가는 김 씨를 보고는 주방장이 부리나케 뛰어나갔다.

"이거 봐. 김 씨. 무슨 일 있어?"

"아냐. 아무 일도 없어!"

"없기는! 맨날 반찬 더 달라고 땡깡을 부리던 인간이 닭을 먹지도 않고 가는데, 그게 아무 일도 없는 거냐?"

"안전 교육 때문에……."

"안전 교육? 그게 왜?"

하지만 김 씨는 말하다 말고 토악질을 해댔다.

"우욱!"

주방장의 기분이 팍 상했다.

"이거 뭐하는 짓이야. 사람을 앞에 두고. 앞으로는 나한테 반찬 더 달라는 소리는 하지도 마."

김 씨가 창백한 얼굴로 말했다.

"당신 때문에 그런 것이 아니야."

"그럼 뭐야?"

"정 알고 싶으면, 안전 교육에 참석을 해 보셔. 그럼 이유를 알게 될 테니까."

김 씨는 더 말하기 싫은 듯, 주방장의 손을 떨치며 밖으로 나가버렸다.

"안전 교육? 도대체 그깟 게 뭐기에……."

칼을 쥔 주방장의 손이 부르르 떨렸다.

홍 반장이 물었다.

"야! 정 반장, 느그들도 안전 교육 받으러 간다면서?"

그의 말을 들은 정 반장이 투덜거렸다.

"응. 귀찮아 죽겠는데, 그런 쓸데없는 교육을 뭐 하려 한대냐? 안 그러냐?"

정 반장은 불편한 기색이 역력했다.

"그 시간에 일을 하면, 돈이라도 되지. 일하기도 바빠 죽겠는데. 씨발."

정 반장의 투덜거림이 이어졌지만, 홍 반장은 뭐라 말할 수가 없었다.

"쩝. 어떡하냐? 하라면 해야지. 인원들 한 명도 빠짐없이 잘 챙기고."

"웬일이냐? 니가 내 걱정을 다해 주고? 미쳤냐?"

"짜식이 형님이 걱정 되서 하는 말이야!"

"쳇. 적당히 인원수 맞춰서 가면 되는 거지. 무슨! 재수가 없으려니까."

그의 불평에 홍 반장은 절로 측은지심이 생겼다.

'쯧쯧. 너는 안전 교육 세 번은 받겠구나. 나 같으면 이 현장에서 일 안 한다.'

속으로 혀를 차면서 정 반장에게 진지한 충고를 던졌다.

'쩝. 미운 정도 정이라고.'

"정가야. 웬만하면 식사는 하지 말고 가라."

"미친놈. 현장에서 먹는 거 빼고 무슨 낙이 있다고, 헛소리를 하는 거냐?"

정 반장이 빈정거렸다.

평소라면 같이 상소리를 하면서 대꾸를 해야 마땅한 홍 반장이 아무런 대꾸를 하지 않았다.

'어! 이게 진짜로 돌았나?'

홍 반장은 푸른 하늘을 바라보고 있었다.

'아 씨발! 하늘을 봐도, 구름을 봐도 자꾸 그 장면이 떠오르네. 우욱!'

목구멍에서 신물이 올라온다.

'씨발! 먹은 것도 없는데.'

쓰디쓴 위액을 삼키며 진 반장에게 말했다.

"나는 분명히 말했데이. 나중에 내 원망하지나 마라. 문디 자슥아."

정 반장이 콧방귀를 뀌며 말했다.

"실없는 새끼. 충고는 개뿔. 내가 너한테 충고 들을 군번이가? 내 간다."

그 뒷모습을 보며, 홍 반장이 혀를 찼다.

처음에 당했을 때는 억울했었다.

하지만 같은 고통을 당하는 동료가 생겨난다는 것에 희열을 느꼈다. 그것도 밉상인 놈이 말이다. 조금 있으면 죽을상을 하고 나타날 정 반장의 몰골을 생각하니 웃지 않을 수 없었다.

'정가야. 네가 생각하는 그런 안전교육은 아닐 것이야! 절대로!'

홍 반장 옆에 있던 김 씨가 물었다.

"홍 반장님."

"와?"

"정 반장하고는 그렇게 친하지도 않잖아요."

"그랬지."

"그런데 뭐하러 그런 충고를 해주시는 겁니까?"

당연한 물음이었다.

"인생이 불쌍하잖아. 저 새끼."

"뭐가요?"

"두 번 받은 내도 힘들어 죽겠는데."

"하긴 저도 지금 이틀째 아무것도 못 먹었습니다. 아까는 삼계탕이라고 해서 먹을 수 있을라나 싶어서 갔는데, 그 장면이. 우욱! 퀙."

홍 반장의 솥뚜껑만 한 손이 그의 뒤통수를 때렸다.

"아! 왜 때려요?"

"내는 두 번 받았거든. 니 지금 번데기 앞에서 주름잡나? 으잉!"

"어쩔 수 없잖아요. 반장인데."

"그러니까 말이다. 아무래도 저 새끼는 세 번 받을 것 같거든. 아무리 그래도 세 번은 좀 심하잖냐?"

"하기사."

김 씨 자신도 두 번 받으라고 하면…… . 우욱!

홍 반장이 실실 웃으면서 말했다.

"니는 모르제?"

"뭘요?"

"내는 두 번 했잖아? 안전교육."

"네. 그런데요?"

"처음 받았던 안전 교육은 두 번째 꺼에 대놓으면 새 발의 피더라."

"우욱. 그것보다 더 하다고요?"

"내가 그래가 서 과장한테 안 물어봤나?"

"뭘요?"

"와 첫날 꺼랑 다른 기냐꼬. 사람 차별하느냐꼬."

그 말을 하면서 홍 반장이 대소를 터뜨렸다.

김 씨는 어리둥절하게 그의 얼굴만 보고 있었다.

"서 과장이 뭐라 켔는지 아나?"

"저야 모르죠?"

"첫날하고 둘째 날은 자료 정리가 덜 되가지고, 그랬다 카더라. 셋째 날부터는 제대로 한다카대."

"그럼 제가 첫날 봤던 거는…… ."

"말 그대로 새 발의 핀기라. 새 발의 피!"

"니 그거 아나? 내 둘째 날도 토했다."

생각만 해도 목이 따가웠다.

먹은 게 없음에도 불구하고, 치밀어 오르는 구역질을 참지 못해 위액을 쏟아냈으니까.

"그럼……."

"그라고 오늘이 셋째 날 아이가! 흐흐흐."

홍 반장이 웃음을 참으며 말을 이었다.

"생각해 봐라. 어제 본 게 세겠나? 오늘 볼 게 세겠나?"

깊이 생각할 필요도 없었다.

"당연히 오늘 거겠죠."

"당연한기다. 점마는 일주일 동안 밥은 입에도 못 댈끼다. 하는 꼬라지 보니까, 최소 두 번은 받아야 할 낀데. 오지게 운이 없으면 그 이상도 되겠고."

앙숙의 뒤통수를 바라보는 홍 반장의 눈에 이해할 수 없는 희열이 차있었다.

"크크크. 안 불쌍하나?"

"불쌍하네요. 진짜로."

"그러니까…… 명복이라도 빌어줘야지."

김 씨가 말했다.

"홍 반장님. 저 소리 들립니까?"

"무슨 소리?"

멀리서 성훈의 목소리가 들렸다.

"거기 작업자분! 안전모 착용하십시오!"

그리고 이어서 들리는 목소리.

"설비팀이시죠? 반장 어딨습니까?"

홍 반장의 입이 찢어질 듯 벌어졌다.

"흐흐흐. 또 걸렸구나."

김 씨가 말했다.

"반장님. 심보가 고약하십니다?"

"흐흐흐. 거울이나 보고 말해라. 이 자식아!"

심보가 고약하다고 말하는 김 씨의 얼굴에도 히죽거리는 웃음이 번져 있었다.

"그거야. 흐흐흐. 우리만 당하면 억울하잖아요."

"그렇지. 흐흐흐."

"만약에 안전 교육 한 번 더하면 어떻게 될까요?"

김 씨의 말에 홍 반장이 정색하며 고리눈을 떴다.

"내가 말했제?"

"무슨…… 말이요?"

"내 눈에 안전모, 각반 삐딱하게 씨고 댕기믄 내가 직접 대가리 빠사뿐다꼬?"

김 씨가 고개를 끄덕였다.

"장난으로 한 말 아니다. 내한테 한 번만 더 그런 사진 보게 하믄 내 너그 전부 다 죽이삘 끼다."

"그 정도예요?"

안전 교육!

안 당해 본 사람은 모른다.

"아! 씨발. 내가 그거 본 뒤로 목구녕에 아무것도 안 들어 간다. 고기를 봐도 그 사진이 생각나고, 카레를 보면 머리 터 진 기 생각나갖고 아무것도 못 묵는다."

해머를 쥔 그의 손이 부들부들 떨렸다.

홍 반장이 말했다.

"한 번만 더 안전 교육 받을 일이 생기믄, 느그부터 내 손 에 죽을 줄 알아라."

진심이 담긴 홍 반장의 말에 김 씨의 등골이 서늘해졌다.

"진표 형, 현장 입구에다가 춘천 사고 사진을 걸어 놔야겠 어요."

"미쳤냐? 사람들 그거 볼 때마다 오바이트하고 난리가 날 텐데? 춘천이란 말만 들어도 쏠린다."

진표보다 비위가 약한 문 차장이 말했다.

"성훈 씨. 나는 반대랑께. 설마! 진짜로 그거를 걸어 놓을 라고 그랴?"

'미친 거 아녀!'라는 말이 목구멍을 뚫고 나오려는 걸 억지 로 삼키는 문 차장이었다.

그 말에 성훈이 씨익 웃었다.

"진짜로 그 사진을 걸어두겠어요? 보기도 좋지 않은 걸요?"

"그럼? 방금 걸어 놓는다고 했잖아?"

"모자이크를 해서 걸어놔야죠."

"모자이크하는 것은 좋은디, 그럼 사람들이 알아보까나?"

"절대로 못 알아볼 수 없을 걸요."

"어떻게 말여? 나는 이해가 잘 안 되는디?"

말로 해서는 설명이 잘 안 되겠지.

"잠시만 기다려 보세요."

성훈은 포토샵 프로그램을 실행시키고, 사진을 모자이크 처리했다.

그리고 다시 모니터를 보여주었다.

"이게 무슨 사진인지 아시겠어요?"

둘이 동시에 화답했다.

"우욱!"

"우웨엑! 치우랑께요."

하지만 모니터에 있는 것은 검은색, 붉은색을 비롯한 여러 가지 색깔로 된, 평범한 모자이크일 뿐이었다.

"봐요. 금방 알죠."

"아따. 치우랑께요."

안전 교육을 받지 않을 사람들은 이 사진이 뜻하는 바를 절대로 알 수 없겠지. 하지만 안전교육을 받은 사람들은 그 사진이 뭘 의미하는지 정확히 안다.

그만큼 뇌리에 새겨졌기 때문이리라.

"그래도 혹시 모르니까!"

모자이크 사진 아래에 설명을 덧붙였다.

〈2000년 6월 24일, 춘천 현장, 실족 사망〉

성훈이 미소를 지었다.

"이렇게 해 두면 절대로 모를 수가 없을 거예요."

문 차장은 속이 메슥거렸다.

'그려. 모를 수가 없을 것이여.'

사실 그는 이틀 전부터 아무것도 먹지 못했다.

'밥만 앞에 놓으면 그 장면이 떠오르는디, 어떻게 먹으라는 말이여?'

텅 빈 위에서 쓴 물이 올라왔다.

그런 속을 아는지 모르는지, 성훈의 말이 이어졌다.

"나중에 안전 교육의 효과가 떨어질 때쯤, 이 사진의 모자이크를 좀 더 작게 해서 걸어놓으면 효과가 배가될 거예요."

웃으며 확신하는 성훈이 그렇게 얄미울 수가 없었다.

문 차장이 버럭 고함을 질렀다.

"아따. 인자 고만해도 된당께요. 쫌!"

성훈은 어깨만 으쓱거릴 뿐이다.

'저 인간은 정상이 아닐 것이여. 참말로.'

문 차장만 그런 생각을 하는 것은 아닌 것 같았다. 진표도 별세계 사람을 보듯이 성훈을 보고 있었으니 말이다.

그렇게 둘의 눈이 마주쳤다.

둘이 피식 웃으며 고개를 절레절레 흔들었다.

그러거나 말거나 성훈은 진표에게 시디를 내밀었다.

"형. 고개만 젓지 말고, 이거 가지고 인쇄소 가서 프린트나 해오세요. A0 사이즈로."

"알았다."

진표가 일어났다.

"참. 성훈아. 오늘 회식 있다. 네 환영회도 겸한다는데, 얘기 들었냐?"

"아뇨. 계속 현장 다니느라고 못 들었죠."

"일 끝나고 모이기로 했으니까, 잊지 말고 와라."

"네. 알았어요. 문 차장님은요?"

술이라면 환장하는 문 차장인데, 어련하랴!

안 갈 리가 없다는 것을 알면서도 같이 갈 요량으로 물은 것이었다.

그런데 웬걸?

문 차장이 고개를 절레절레 흔들었다.

"나가 시방 속이 무지허게 안 좋아 부러."

진표가 물었다.

"왜요? 오늘 육회 먹으러 간다던데요. 육회 좋아하시잖아요?"

"육회는 나가 좋아허제. 그런디……. 우욱!"

문 차장이 헛구역질을 하며, 배를 움켜잡았다.

"가실 수 있겠어요? 문 차장님."

문 차장이 손을 저었다.

"아무래도 나는 오늘 안 되겠구먼. 성훈 씨는 진표하고 다녀오랑께. 진표 어딘지는 알제?"

문 차장이 책상 위로 툭 엎어졌다.

56장
스타타워 현장(2)

"성훈아. 이리 와라."

김 과장이 들어서는 성훈을 보며 손짓을 했다.

성훈이 자리로 가자, 박 대리가 물었다.

"문 차장님은 안 오시고?"

성훈이 고개를 갸웃했다.

'문 차장을 찾아? 사이가 안 좋은 줄 알았는데?'

진표를 돌아보자, 그가 씨익 웃었다.

"너도 문 차장님 알잖냐? 사람들 하고 금방 친해지는 거."

그의 말을 듣고 나니, 뭔가 납득이 갔다.

뒤에서 투덜투덜 대도, 앞에서는 사근사근하니 사람을 즐겁게 해주는 사람이었다.

"하긴. 그런 분이셨죠. 괜히 걱정했네요."

박 대리에게 말했다.

"낙하산이라고 그렇게 왕따 시켰다고 하시더니."

박 대리가 머쓱하게 웃었다.

"우리도 처음에는 그런 줄 알았지. 실력도 없는 게 낙하산이라고 오면 우리도 머리 아프잖냐?"

"그런데요?"

"문 차장님이 의외로 실력이 좋으시더라고. 현장도 잘 통솔하시고. 그래서 인정하는 거지 뭐."

현장 하나를 통째로 맡아서 진행한 경험이 있으니, 그게 도움이 된 모양이다.

처음에는 겉돌았지만, 현장을 돌아보는 부지런함과 특유의 친근함으로 직원들과 많이 동화된 문 차장이었다.

"속이 안 좋으셔서 못 온다고 하시더라고요."

"아쉽네. 오늘 차장님이랑 밤새 달려보려고 했는데. 흐흐흐."

김 과장이 모두에게 들으라는 듯이 말했다.

"야. 니들 그거 알고 있었냐?"

"뭘요?"

"문 차장님이 그러던데, 여기 성훈이가 우리 현장 원설계자라고 하더라."

좌중의 시선이 성훈에게 몰렸다.

"진짜냐?"

진표가 그들에게 설명을 했다.

"한동안 성훈이가 그것 때문에 본사에 가 있었다고 하던데, 모르셨나 봅니다."

김 과장이 뒤통수를 긁으며 무안해했다.

"야. 진표야. 우리가 맨날 장돌뱅이처럼 현장만 돌아다니는데, 본사에 들어갈 일이 있겠냐?"

그의 말을 박 대리가 이어받았다.

"야! 그럼 우리 성훈이한테 잘 보여야겠는데, 원설계자가 있는데, 엉뚱한 짓 하다가 걸려봐. 그날부로 현장 스톱이야. 알지?"

박 대리의 너스레에 성훈이 피식 웃었다.

"원칙대로만 하면, 무슨 일이 있겠어요?"

"짜식. 겸손 떨기는. 너 온 뒤로 현장 분위기도 되게 좋아졌는데. 네가 서 과장님이랑 안전 교육 진행하고 있다면서? 무슨 짓을 했길래, 그런 상황을 만들어 둔 거냐?"

한 번의 술자리로 금방 친해지는 것. 한국만의 정이라는 정서가 있기 때문이 아닐까? 술 권하는 문화가 반드시 나쁜 것만은 아니리라.

과유불급이라. 과하지 않다면 이것도 이것대로 좋다.

접시는 점점 비워져 가고, 시간도 술술 지나갔다.

마음의 거리도 그만큼 가까워졌다.

"와하하하!"

"정말 그런 사진을 보여줬단 말이야?"

"성훈아. 나도 볼 수 있냐?"

박 대리의 말에 진표가 손을 절레절레 흔들었다.

"박 대리. 웬만하면 보지 마라. 아무리 비위가 좋아도, 한 사흘은 밥 못 먹는다."

그 말을 하며 인상을 쓰는 진표의 표정에는 진심이 담겨 있었다.

"그래서 식당에서 전화가 왔었구나?"

"뭐라고?"

"주방장이 전화가 왔더라고요. 어제오늘 무슨 일 있었냐고. 함바 이용자가 뚝 떨어졌다면서 걱정을 하던데. 난 그것도 모르고. 아무 일도 없다고 했죠. 하하하."

"이런! 함바 피해가 막심하겠는데."

"그거랑 우리랑 무슨 상관이야. 우리는 현장에 사고만 안 나면 만사 오케이라네."

주거니 받거니 술은 술술 잘도 들어간다.

분위기가 무르익어갈 때쯤, 문이 열렸다.

"엉? 오늘 아예 통째로 세내서 다른 손님은 안 받을 텐데……."

김 과장이 입구를 보니, 얼굴을 아는 사람이었다.

"아이고. 사장님. 웬일이십니까?"

구내식당 사장이었다.

그는 40대 후반의 깔끔한 양복의 풍채 좋은 중년이었다. 그에 반해 얼굴은 화가 난 듯, 붉어져 있었다.

뒤따라온 주방장은 쭈뼛쭈뼛 눈치를 보는데 반해, 사장은 거침이 없었다.

"소장 어딨어?"

"네? 소장님을 왜 여기서 찾으십니까?"

"전화를 안 받으니 그런 거 아냐? 어디 있는지나 말해!"

"지금쯤 마루 업체하고 미팅하고 계실 겁니다."

"미팅은 지랄하고, 접대 받고 있겠지."

그 말에 김 과장의 눈썹이 꿈틀거렸다.

'알면서 왜 묻냐?'는 의미이리라.

소장이 없는 것을 확인하고는 그가 몸을 돌렸다.

"거 참. 김 과장. 현장에서 안전 교육인가 뭔가 한다면서?"

'함바 사장이 신경 쓸 일은 아니지 않아?'

저 사장이라는 인간이 들어온 뒤로 말이 계속 귀에 거슬린다.

김 과장의 대꾸하는 소리가 들렸다.

"네. 그런데요?"

"그거 웬만하면 하지 마쇼. 내가 소장한테 말해 놓을라니까."

김 과장의 눈썹이 꿈틀거렸다.

"사장님. 말씀이 과하십니다."

"과하긴 뭐가 과해. 하지 말라면 하지 말 것이지."

그때, 진표가 나섰다.

"사장님. 그건 제 권한인데, 왜 하라 마라 하시는 겁니까?"

감리단은 시공사의 아래가 아니다. 애초에 소속 자체가 다르다. 소장이 간섭할 수 있는 것이 아니라는 말이다.

진표 또한 같은 현장에서 근무를 하니, 회식 자리에 참석한 것뿐이었다.

함바 사장은 그것을 모르는 것이 분명했다.

"이게 지금. 어디서 눈을 똑바로 뜨고?"

오히려 함바 사장이 진표에게 눈을 부라렸다.

감히 자기 말에 말대꾸를 하다니? 어이없다는 표정이었다.

그 모습을 보고 있자니, 내가 어이가 없었다.

'저건 또 뭐냐?'

흥분한 둘 사이를 김 과장이 중재하며 막아섰다.

옆에 있는 박 대리를 손으로 쿡 찔렀다.

"박 대리님. 저 사람. 뭡니까?"

상식적으로 이해가 되는가?

함바 사장이 건설업체 직원들을 저렇게 막 대한다는 것이 말이다.

박 대리도 그들의 다투는 모습을 찝찝한 얼굴로 보고 있었다.

"또 지랄이네. 저 인간, 우리 소장 형이야."

"예?"

그는 다른 말도 덧붙였다.

"증거는 없지만, 이 현장에 있는 업체들, 알고 보면 전부 소장 친척들이거나 그 비슷한 관계인 것 같아."

"그게 말이 돼요?"

내 말에 박 대리도 혀를 찼다.

"말이 안 되지. 소장이 무슨 수를 썼겠지. 하지만 시공업체들 그렇게 하는 건 일도 아니지."

현장의 모든 결재는 소장의 손을 통해 이루어진다. 곧 현장의 주도권은 모두 소장이 쥐고 있다는 것. 그 권력을 이용한 편법은 수도 없이 많을 것이다. 일일이 열거하기 어려울 만큼.

'하긴 기성 쥐고 흔들면, 장사가 어디 있겠어?'

소장이 떡고물을 취하든 말든, 그건 내가 상관할 바가 아니다. 내가 걱정하는 것은 전혀 다른 것이었다.

"그럼. 시공업체들이 기사들 말을 듣습니까?"

갑이 정당하게 갑으로서의 힘을 행사하지 못하는 시스템을 만들어 뒀는데, 시공자들이 기사들의 지시를 올바로 들을 리 만무하지 않겠는가?

'곽 이사. 미친 거야? 내 현장을 망치려고 작정을 한 거야?'

"이런 사실을 위에서도 알고 있습니까?"

"어떻게 알겠어? 시공업체 사장들은 모두 차명으로 되어 있을 텐데."

"확인해 보셨습니까?"

박 대리는 한숨을 푹 쉬었다.

"쩝. 어떻게 확인을 하겠냐? 그리고 확인한들 무슨 뾰족한 수라도 있냐?"

박 대리의 말을 들으며, 찝찝해 하던 것이 구체화되었다.

'어쩐지 현장에서 말이 안 통한다고 했어.'

문 차장도 지나가는 소리로 그런 말을 몇 번 했었고 말이다.

'설마 했지.'

"그럼 지금까지 현장 어떻게 진행하셨는데요?"

"살살 달래가면서 했지. 어떡하냐?"

그사이 김 과장은 함바 사장과 언성을 높이며 싸우고 있었다.

"아무리 소장님 형제분이라고 해도, 간섭을 할 게 있고 안 할 게 있습니다."

"김 과장님. 한 성질 하시는대요?"

"많이 죽었지. 그리고 저게 과장님 특기다."

"뭐가요?"

"취한 척하고 한판 하는 거."

"대단하신데요? 그래도 후환이."

"그러니까! 저래 놓고 내일 아침 되면, 소장한테 싹싹 빌겠지."

다들 그렇게 살겠지만, 박 대리에게 사정을 듣고 싶었다.

"그럴 거면 왜 저러신대요? 애초에 시작을 하지 말지."

"과장님이라고 빌고 싶어서 빌겠냐? 딸내미 분윳값이 웬수지. 과장님 딸 아직 돌도 안 지났다."

지난 삶의 나라고 별달랐으랴?

예진이 분윳값 때문에, 그리고 기저귓값 때문에 하고 싶은 말 못하고, 고개 숙이고 살았었다.

박 대리가 자리에서 일어났다.

"안 되겠다. 내가 나서야지."

"박 대리님이 왜요?"

"과장님. 한 번만 더 사고 치면, 소장이 가만 안 있을 거다."

"어떡하시려고요? 방법은 있구요?"

그 말에 박 대리가 나에게 실실대며 웃었다.

"방법은 무슨! 취한 척 하고. 내일 빌면 그만이지."

그 말에 슬그머니 미소를 지었다.

박 대리가 내 등을 툭 쳤다.

"짜식아. 너도 애 낳으면 우습지 않을 거다."

앞으로 나가는 박 대리의 허리띠를 잡았다.

"왜?"

대답 대신 내가 먼저 앞장섰다.

"그냥. 짜증이 나서요."

"야! 성훈아."

나는 이런 상황이 짜증 난다.

단지 힘이 없다는 이유로 잘못을 하지도 않았는데, 잘못했다고 빌어야 하는 상황이.

힘없는 게 잘못인가?

좆같은 세상!

"나 참. 어이가 없네. 김 과장, 말 다했어?"

함바 사장이 오른손을 들었다.

잽싸게 그의 손목을 움켜잡았다.

'너 따위에게 맞기에는 김 과장이 아깝잖아.'

어린 녀석에게 행동을 저지당함에 기분이 상했던지, 눈에 힘을 주며 나를 째려본다.

실눈으로 그를 보며, 눈썹을 위로 으쓱 올렸다.

'어쩔 건데.'

김 과장은 못 해도 나는 할 수 있다.

왜?

부양할 가족이 없거든. 고로 무서운 게 없거든.

사장을 보며, 썩은 미소를 날렸다.

'해보라고.'

"이 건방진 새끼가?"

분기탱천한 그는 얼굴을 붉히며, 왼손으로 내 따귀를 올려붙인다.

'여기서 그만두면, 망신은 당하지 않으련만.'

씁쓸한 마음을 삼켰다.

그의 오른손을 바깥으로 쭉 당겼다.

"어! 어어?"

그는 급격히 우측으로 넘어지는 몸을 바로 세우려 허우적거린다. 그가 발을 넘어지는 쪽으로 급히 내밀었다.

툭.

발로 슬며시 그의 디딤발을 건드렸다. 놀란 사장은 넘어지면서도 나를 올려다본다. 순간 별의별 생각이 다 들었다.

'넘어지는 척 하면서 거기다가 무릎을 슬쩍 갖다 댈까? 그럼 최소한 목 디스크 각 나오는데.'

건조한 눈빛으로 그의 눈동자를 내려다보며 갈등했다.

'해 버릴까? 같이 넘어졌다고 하면 되잖아.'

고의적으로만 보이지 않는다면 크게 문제 될 일은 없었다.

'소장? 이미 물 건너왔는데, 무슨 걱정?'

내 눈앞에 있는 이런 인간은, 싫다는 감정을 넘어서 혐오스럽다. 화가 난다고 그것을 엉뚱한 곳에 발산하는 부류. 제 잘못은 안중에도 없고, 제 감정만 중시하는 쓰레기. 어른스럽게 포용하지 못하고, 갑질하려는 인간.

그의 넘어지는 순간을 끝까지 갈등하며 지켜보았다.

그리고 사장과 눈이 마주쳤다.

화들짝 놀란 듯 그의 동공이 확장되어 있었다.

"윽!"

와장창.

딱딱한 시멘트 바닥에 얼굴을 들이받았다.

손으로 짚을 수 있지 않냐고?

그럴 리가!

그의 몸을 지탱했어야 할 오른손은 마지막 순간까지 내 손에 잡혀 있었다고.

김 과장도 어리둥절한 모습이었다.

"성훈아. 이게 어떻게 된 일이야?"

그의 말에 대답을 했다.

"모르죠. 절 때리시려고 하다가 균형을 잃으신 모양입니다. 아니면 어디서 한잔하고 와서 주정을 하는 거든지."

허나 내 말투에 미안함이나 동정의 빛은 전혀 없었다. 차갑게 노려볼 뿐이었다.

사장이 주방장의 부축을 받으며 일어섰다.

양손으로 무릎을 짚고 일어서면서 나를 올려다본다.

'다른 사람은 몰라도, 당신은 알겠지. 내가 일부러 그랬다는 걸.'

뿌드득.

"너. 이 새끼!"

"왜요? 한 번 더 하시려고요?"

실눈을 뜨며, 그에게 물었다.

'걸어오는 시비는 언제든지 환영이다.'

노인 공경?

노인도 아닐뿐더러, 먼저 싸움을 걸어왔다고.

비슷한 또래였다면 손모가지를 비틀어놨을 텐데.

이빨을 가는 사장에게 말했다.

"더 하실 말씀 있으시면 하시고, 없으면 돌아가세요. 사장님."

사장이 돌아섰다.

"두고 보자! 이 새끼."

그를 내보내고 문을 닫기 전에 말했다.

"내일부터는 안전 교육을 FM대로 해야겠네."

쾅.

김 과장이 버럭 화를 냈다.

걱정이 가득한 음성이다.

"야. 성훈이, 너. 어쩌려고 그랬어?"

"뭘 어쩌긴요. 내일 되어 보면 알겠죠."

어깨를 으쓱이며 대답하는데, 옆에서 진표가 씨익 웃는 모습이 보였다.

"아깝다. 문 차장님도 이걸 봤어야 하는데."

"진표 형은 걱정 안 되세요?"

"뭐가?"

"저요."

진표가 코웃음을 쳤다.

"미쳤냐? 내가! 니 걱정을 하게? 시간 아깝다."

진표가 큰 소리로 말했다.

"뭔 일 있었어? 술이나 마시자고? 김 과장님도 너무 걱정하지 마시고요?"

"서 과장, 너는……."

"걱정하시지 말래도요. 전 성훈이 저놈이 이것보다 더 큰 사고 치는 것도 봤으니까. 저놈이 어떤 놈이냐면요."

소장실 문을 열기 전, 김 과장이 말했다.

"소장 형이 소장을 키우다시피 해서, 소장이 형한테는 꼼짝을 못하더라. 그래서 그런지, 자기 형에 관련된 일은 좀 과민하게 반응하니까 소장이 지랄해도 성훈이 네가 그러려니 하고 이해해라."

그는 내가 상처받을까 봐 걱정하는 것이리라.

'과장님아. 내가 당신보다 그런 쪽으로는 욕을 더 많이 먹

었으니까, 걱정하지 마시죠.'

　지난 삶에서 눈앞의 김 과장 같은 사람은 나에게 갑이었다.

　'을로 살면서 나보다 훨씬 어린 사람에게도 욕을 먹었었는데, 소장 정도야.'

　그리고 지금의 내 삶은 욕먹는 일의 연속이다.

　'이번 삶은 욕먹을 각오하고 살고 있다고요.'

　덤으로 얻은 삶, 가능한 한 길게 살고 싶었기에 욕먹는 것을 두려워할 까닭이 없었다.

　'까짓거 욕먹는 거 무서우면 일을 하지 말아야지.'

　그럼에도 불구하고 내 액면이 김 과장보다 어렸기에, 나를 배려해 주는 것이리라.

　소장실의 문을 열었다.

　지금 내 앞에서 소장이 미쳐 날뛰고 있었다.

　"너. 김성훈이. 미친 거냐?"

　"뭐가요?"

　"엉? 뭐가요?"

　"네. 뭘 말씀하시는지 모르겠습니다."

　"너 이 새끼. 함바 사장한테 손댔다면서?"

　"그야 싸움이 날 것 같아서 말린 거죠?"

"이 새끼가 어디 발뺌을? 형님 말씀은 안 그렇던데?"

어쩌라고 그럼 맞고 있으랴?

어디서 씨알도 안 먹힐 소리를 하고 있어?

멀뚱멀뚱한 눈으로 대답했다.

"때리시려고 하기에. 피한 것뿐인데요?"

"이익."

"그럼 거기서 제가 맞았어야 합니까?"

어쩔 건데, 심증이 있을 뿐, 물증이라도 있어?

대수롭지 않게 대꾸하니, 소장은 더 열이 받는 모양이었다.

"뭐야? 지금 내가 말하는데, 대꾸를 해?"

'아! 이제 저런 소리는 지겹다.'

제대로 정신머리 박힌 사람들에게서는 절대로 들을 수 없
는 소리. 말대꾸.

노 교수도, 한 교수도, 심지어 프랭크도 이런 소리는 한
적이 없다.

김 과장이 나를 변호하며 나섰다.

"소장님. 너무 한쪽의 말만 듣지 마시고……."

"김 과장. 넌 이 새끼야! 그 자리에 있었다면서, 상황을 이
지경으로 만들어!"

"죄송합니다. 소장님. 어제 제가 술에 취해서 실수를 한
모양입니다."

제 형이 맞은 것만, 아니, 맞은 것도 아니지 않아? 때린 적

은 없으니까! 그나마도 극강의 인내심으로 얼마나 참은 건데, 이런 말을 들으면 억울하다.

그냥 몇 대 패버릴 걸 그랬나?

한번 들이받으려고 하는데, 전화벨이 울렸다.

띠리리리.

전화기를 보던 소장이 뜨끔하더니, 우리 눈치를 본다.

그리고는 우리를 보며, 나가라며 손짓을 한다.

그리고는 눈알을 부라린다.

'운 좋은 줄 알아!'의 의미이리라.

진 소장이 허리를 직각으로 꺾었다.

"아이고. 곽 이사님."

전화를 받느라 뒤돌아선 그를 향해 조용히 주먹 감자를 날렸다. 하지만 진 소장은 전화에 집중하느라 내 행동을 보지 못했다.

김 과장이 피식 웃으며 문을 닫았다.

"곽 이사님. 현장은 염려하지 마십시오."

'하이고. 어지간히도 그러겠다.'

진 소장의 힘찬 목소리를 들으며 곽 이사는 코웃음을 쳤다.

어제 문 차장에게서 전화를 받았다.

―곽 이사님. 현장에 한번 와 보셔야겠는디요.

"왜? 무슨 문제라도 있는 거요?"

―여그 소장이 업체들헌테 떡값을 장난 아니게 먹는 것 같은디?

곽 이사는 뜨끔했지만, 곧이어 안도의 한숨을 내쉬었다.

'이 사람아. 그 정도 안 해먹으면 누가 소장하려고 해?'

모든 사람이 그런 것은 아니겠으나, 소장과 업체와의 관계는 관례와도 같은 것이라 알면서도 용인하는 것이었다. 도가 지나치지만 않는다면 말이다.

"그 정도야 관례야 관례."

―고것이야, 지도 안당께요. 그란디. 문제는…….

"왜요? 문제가 뭔데?"

문 차장은 현장에서 자신이 느낀 것들을 죽 읊기 시작했다.

"자네 말대로 진 소장은 내가 들어도 심하구만."

일단 곽 이사는 문 차장의 말에 맞장구를 쳤다.

'아. 씨! 이런 일이 생길까 봐, 일부러 소장 경험이 없는 초짜를 앉혀 뒀더니, 이렇게 내 뒤통수를 쳐?'

"내가 방법을 생각해 볼 테니까, 조금만 성훈 군이 발작 안 하도록 부탁하네."

―이사님 고것은 나가 할 수 있는데꺼징은 해보겠지만서도, 그것도 그리 길게는 못 헐거구만유.

"그건 또 왜?"

−성훈이가 돈 먹는 것은 신경 안 써도, 품질은 지랄같이 따지는디, 이 현장 품질로는 어림도 없당께요.

"그건 나도 안다네."

성훈의 성격상, 모르면 몰라도 알면 곱게 넘어갈 리도 없고.

'그 눈에 맞는 품질이나 있을지 몰라?'

−조만간 성훈이가 시공 품질 가지고 한 번 지랄을 할 것 같은디, 미리 좀 언급을 하셔요.

"소장한테 직접 말을 하지 그러나?"

−흥. 나 말을 듣기나 한대요? 이대로 가다가는 현장 컨트롤이고 나발이고. 암것도 안 된당께요.

곽 이사는 저도 모르게 한숨이 나왔다.

'지가 무슨 슈퍼맨인 줄 알아? 왜 가는 곳마다 현장을 뒤집어 놓냐고? 대충 좀 하자!'

곽 이사도 복장은 터지지만, 지금 바로 할 수 있는 것은 없었다. 잘못 건드렸다가는 현장 하나 말아먹는 것은 일도 아니었기 때문이다.

'아. 진짜. 이 자식을 어떻게 자르지?'

소장은 자르면 되지만, 현장에 묶인 계약 관계를 푸는 것이 더 머리 아팠다.

더불어 남이 하던 현장을 좋다고 이어받을 사람이 얼마나 될 것이며, 그 업무의 인수인계 과정에서는 또 얼마나 많은 시간과 비용이 소모되겠는가?

곽 이사의 고민이 이거였다.

곽 이사의 속을 모르는지, 제 자랑을 늘어놓은 진 소장에게 말했다.

"그래. 그래. 어련히 진 소장이 알아서 하겠어? 조만간 한 번 내려가도록 하지."

소장실을 나와 식당으로 향했다.

"성훈아. 미안하다."

"뭐가요?"

"큰 힘이 못 돼서 말이다."

"괜찮습니다. 얼른 가서 식사나 하시죠."

소장 앞에서 시시비비를 가렸다면, 상당히 멋있기는 했겠지. 그런 지금의 내가 무조건적으로 옳고 그름만을 따질 연령은 아니었다.

'힘없는 자가 정의를 말해 봐야 공염불이지.'

소장이 입으로 훅 불면 날아갈 파리 목숨인데, 아까처럼 고개를 숙이는 것 또한 김 과장 나름대로의 처세 방식이리라.

화제를 바꿨다.

김 과장의 잘못도 아니고, 말해 봐야 마음만 아플 테니.

"어제 박 대리 이야기 들어보니까, 과장님이 대리 때는 대단하셨다고 하던데."

그가 머쓱하게 웃었다.

"그때야. 아무것도 거칠 것이 없던 시절이지."

"지금은 그러실 수 없죠? 애기 때문에?"

"쩝. 그런 거지. 뭐."

그는 쓸쓸하게 마른 침을 삼켰다.

그에게 물었다.

"아직 돌도 안 지났다면서요?"

내 물음에 방금까지 인상을 찌푸리고 있던 김 과장이 언제 그랬냐는 듯 얼굴이 밝아졌다.

"응. 이제 153일째인가? 아니다. 하루 지났으니까 154일이네."

그는 손가락까지 꼽아가며, 날짜 계산을 했다.

"이쁘겠네요."

"그럼. 이쁘지. 눈에 넣어도 안 아프다."

그는 흐뭇한 표정으로 말을 이었다.

"우리 딸 생각하면, 욕 좀 먹는 거 안 괴롭다."

"그래도 키워 놓으면, 지가 잘나서 큰 줄 알 건데요?"

내 말에 김 과장이 피식 웃었다.

"야! 뭐 누구는 안 그랬겠어? 나도 부모님 속 많이 썩혔다."

계단을 내려와 식당으로 갈 때까지 그는 계속 딸 자랑을 해댔다.

아직 옹알이를 하는 딸을 자랑할 게 뭐 있겠냐마는, 그의 입에서는 끊임없이 자랑이 흘러나왔다.

엄청나게 행복한 얼굴이었다.

자식 자랑하면 팔불출이라고 놀리지만, 세상 어느 부모가 제 자식을 안 예뻐하겠는가?

"부모가 안 돼 보면 부모 마음 모른다. 너도 낳아보면 알 거다."

사람마다 사는 방식이 다르다.

힘 있는 사람은 있는 대로, 없는 사람은 또 없는 대로. 뭐가 절대적으로 옳은지, 그른지를 나는 아직 단언할 수 없다.

'다만 어떤 것이 더 행복에 가까운지는 알 수 있겠지. 다들 다르겠지만.'

소장이라는 권력자에게 굽실거린다는 이유로 김 과장을 비겁자라고 욕할 수 있을까?

지난 삶의 내 나이였다면 그렇게 비난했을지도 모른다.

'하지만 나도 한 아이의 아빠였다구. 그 느낌 내가 아는데, 김 과장을 욕할 수 있겠어?'

소장이 잘못했다고 따졌다가는 내 딸이 당장 분유를 못 먹게 되는데, 따지는 것이 과연 옳은 것일까?

내 속이 뒤집히는 건 참아도 내 새끼 굶는 건 못 참는 게 부모의 본성 아닐까?

김 과장에게는 가족의 평안이 인생의 목표일 것이고, 행복의 원천이리라.

그에게 말했다.

"무슨 말씀인지 이해합니다."

"홋. 어린 녀석이 이해는 무슨……."

그는 내 등을 툭툭 치며 나를 위로했다.

"성훈아. 너 답답한 거 내가 왜 모르겠냐?"

식사를 하면서 나는 그에게서 내가 미처 눈치채지 못했던 현장의 문제점들을 늘어놓았다. 그는 문 차장보다 좀 더 오래 이 현장에 있었던 만큼, 더 현장에 대해서 꿰뚫고 있었다.

그는 이렇게 말을 마무리했다.

"하고 싶은 말 다 하고 사는 사람이 얼마나 되겠냐? 지금 현장이 좀 아니 꼽고 보기 싫더라도 참아라. 여기서 잘못된 것들 많이 보고, 나중에 네가 소장 되면 바꾸면 된다. 그치?"

그의 말은 지금의 내 나이 또래에게는 지극히 좋은 충고였다.

한순간의 실수로 앞으로의 삶이 꼬일 수도 있으니까.

'하지만 제게는 해당 사항이 없네요.'

나는 그의 말을 들으며 조용히 고개를 끄덕였다.

'이제 보이네. 어디서부터 건드려야 할지.'

그가 내 등을 두드리며 말했다.

"오늘도 파이팅 하자."

돌아서 현장으로 향하는 그를 보며 중얼거렸다.

"과장님. 조금만 참으세요."

하지만 그렇게 오래 기다리실 필요는 없어요.

왜?

여기는 내 현장이니까.

오늘도 문 차장은 현장을 도느라 바쁘다.

반기는 이 하나 없지만, 부지런히 현장을 돌고 있었다.

건물 기단부 돌마감하는 모습이 보였다.

"거시기. 이 양반들이 정신이 있는 겨? 없는 겨?"

작업자의 인상이 팍 찌그러졌다.

현장을 돌며 쓴소리를 해대는 문 차장이 보기 좋을 리가 없었다.

작업반장이 미간을 찌푸리며 대꾸했다.

"또. 뭐가 맘에 안 드는데요?"

"시방서에는 3㎜라고 되어 있는디? 시방 이것은 5㎜가 넘겠구만. 아녀?"

문 차장의 말에 코웃음을 쳤다.

"아 씨발. 문 차장님! 5미리나 3미리나! 대충 넘어갑시다. 이 정도면 눈으로 딱 봐도 일직선이구만. 지금 우리가 이 일 한두 번 합니까? 당신만 전문가고 나는 뭐 바보여?"

"뭐시여? 이게 대충 넘어간다고 될 일이당가?"

하지만 반장의 말은 아직 끝나지 않았다.

"지금 우리가 붙이는 돌이 뭐 구조적으로 하중을 받습니까?"

"하중이고 나발이고. 시방서에 나와 있는 대로 하기로 하고 계약을 헌 거 아녀?"

"흥. 이 양반이 일 하루 이틀 하나?"

"그래도 아닌 것은 아닌 것이제?"

문 차장이 단호하게 말했다.

"아 진짜. 당신이 현장을 알면 얼마나 안다고!"

팔뚝을 걷으며 나서는 작업반장을 부하가 툭 쳤다.

"왜?"

부하가 귓속말을 소곤거렸다.

"반장님. 대충 하고 넘어갑시다."

"이걸 대충 넘어가자고?"

"일단 붙여가지고 굳어버리면 어쩌겠습니까? 떼라고 하겠습니까? 어쩌겠습니까?"

작업반장이 비릿하게 웃었다.

"문 차장님 말씀, 뭔 말인지 알았습니다. 지시대로 해 놓을 테니까, 걱정하지 마쇼."

"낼 와서 확인헐 텡게, 확실허게 해놓으셔!"

문 차장이 엄포를 놓으며 다른 곳으로 향했다.

김 과장의 다급한 목소리가 들렸다.

"소장님, 곽 이사님께서 현장에 거의 도착하셨다는 연락이 왔습니다."

"뭐야? 벌써? 주중에나 오실 줄 알았더니."

한번 들르겠다는 말을 들은 것이 어제였는데, 벌써 오다니.

"김 과장, 얼른 현장직원들 모아서 맞이할 준비해. 현장 안전모는 다 쓰고 있지? 청소는?"

"다 되어 있으니, 염려 마십시오. 하지만 직원들이 굳이 맞이할 필요까지 있겠습니까?"

"군소리 말고 얼른 내려오라고 해. 비상이야. 비상!"

김 과장이 인사를 하고 밖으로 나갔다.

'쯧. 이렇게 눈치가 없으니까, 여태껏 과장이지.'

소장도 안전모를 집어 들고 의자에서 일어섰다.

"끙. 인사나 드리러 가볼까? 사회생활 뭐 있어? 인사로 시작해서 인사로 끝나는 거지."

곽 이사가 현장으로 들어섰다.

"이사님, 오셨습니까?"

진 소장의 허리가 직각으로 접힌다.

"오랜만이네, 진 소장. 현장은 할 만해?"

"이사님 염려 덕분에 차질 없이 진행되고 있습니다."

들어가던 곽 이사가 걸음을 멈췄다.

"엥? 그런데 저건 뭐야?"

곽 이사가 현장 입구에 떡하니 서 있는 모자이크 사진을 가리키며 하는 말이었다.

그 옆을 지나가는 작업자들이 곽 이사의 손길에 그 모자이크를 보고는 작은 구역질을 했다.

'아! 저게 문 차장이 얘기한 그…….'

진 소장이 공손하게 대답했다.

"이사님, 죄송합니다. 감리 쪽에서 붙여놓은 사진인데, 인쇄가 잘못된 모양입니다. 제가 정상적인 사진으로 바꿔 놓으라고 하겠습니다. 이리 오시죠."

그 말에 지나가던 작업자들의 눈이 휘둥그레졌지만, 성훈의 안전교육을 받지 않은 소장이 그 내막을 알 리가 없었다.

'그게 아닌가?'

곽 이사가 문 차장 쪽으로 고개를 돌렸다.

그는 고개를 절레절레 젓고 있었다.

'이게 그때 말한 그거야?'

곽 이사의 눈치를 받은 문 차장이 힐끔 모자이크를 보더니, 헛구역질을 해댔다.

기다렸다는 듯이 지나가는 작업자들의 대화가 곽 이사의 귀로 쏙쏙 빨려 들어왔다.

"미친놈, 저거 원래 사진이 어떤 건지는 알고, 모자이크를 삭제한다는 거야? 우웩!"

"저 돈이나 처먹는 돼지가 뭘 알겠어? 미친 새끼. 안 그래도 밥맛없어 죽겠구만."

곽 이사는 앞서서 안내하는 소장의 뒤통수를 보며 욕을 퍼부었다.

'등신 같은 놈. 제 현장에 걸린 게 뭔지도 모르고. 쯧쯧.'

곽 이사의 걸음이 멈추자, 앞서가던 진 소장이 총알같이 되돌아와 고개를 굽실거렸다.

"이사님, 차라도 한잔하시면서 말씀하시죠."

소장이 뒤를 보며 고함쳤다.

"뭐해? 얼른 안 오고? 이사님을 기다리게 할 셈인가?"

일행의 뒤로 처져 있던 문 차장이 푸념을 했다.

"쯧쯧. 일은 내팽개쳐 놓고 이것이 뭐하는 짓거리랴? 안 그요? 성훈 씨."

"그러게 말입니다. 바빠 죽겠는데."

"참. 나가 쪼까 부탁헐 것이 있는디, 해도 될랑가?"

따라가던 성훈이 물었다.

"뭔데요?"

"나가 어제 석공사팀헌티 작업 지시해 놓은 것이 있는디."

"직접 확인하시면 되죠. 저도 바쁜데?"

"거시기, 나가 이따가 곽 이사허고 좀 해야 할 말이 있어서 그런 것이제."

그 말에 성훈이 웃으며 물었다.

어떤 작업 지시인지, 어디까지 지시를 했는지?

"어제 돌작업이 영 시원찮게 되어 있어서, 나가 다시 작업을 하라고 혔거든."

"도면대로 작업되었는지, 확인하라는 말씀이시죠?"

"그라제. 그라제."

"알았어요. 제가 가볼게요."

⁂

곽 이사는 잠시 차를 마시고 나서는 현장으로 들어왔다.

"오호, 이거 안전모는 확실히 씌웠구만. 각반도 제대로 차고 있는데. 누가 보면 전쟁 난 줄 알겠어."

"헤헤. 역시 현장은 안전제일 아니겠습니까?"

여태껏 지나가는 중에 안전장비가 소홀한 작업자는 하나도 없었다.

그리고 이리저리 둘러봐도, 담배꽁초 하나 보이지 않았다.

'헐. 하지만 이건 너무하잖아. 갑작스레 닥친 건데, 청소할 틈도 없었을 텐데.'

가끔 혼낼 거리가 있어야, 선임의 권위도 서는 법인데.

곽 이사의 연이은 칭찬에 진 소장은 하늘을 날아갈 것 같은 기분이었다.

"현장이 굉장히 깨끗하군. 이런 현장은 본 적이 없어."

"하하하. 제가 누굽니까? 이사님."

딱히 꼬집어 욕하고 싶은 부분이 없으니, 곽 이사 또한 기분이 좋았다.

'내가 변태도 아니고, 현장이 깨끗하면 나도 기분이 좋다고.'

화를 내지 않으면 고혈압에 쓰러질 염려도 사라지니, 좋은 일이 아니던가?

그러면서도 드는 의문점?

'이렇게 현장이 깨끗할 리가 없는데…… 이상하다.'

다만 약간의 단서가 있다면, 안전모, 혹은 각반이라는 말에 일을 하던 작업자들이 꿈틀 놀라며 자신을 노려본다는 것이었다.

한 작업자는 얼마나 경기를 일으키던지, 자신에게 고함을 버럭 질렀다.

"아! 씨발놈아! 깜짝 놀랬잖아. 성훈인 줄 알고!"

하지만 소장의 눈 부라림에 급히 사과를 했다.

"죄송합니다. 소장님. 하도 안전모 안전모 해싸서 성훈인 줄 알고……."

그 순간, 그의 머리에서 궁금증이 사라졌다.

곽 이사가 피식 웃었다.

"여기도 안전모 하면 치를 떠나 보네?"

신임 소장인 진 소장이 그 내막을 알 리가 없다.

"그게 무슨 말씀이신지?"

"아냐. 자네는 알 것 없고? 적어도 인명사고로 현장이 멈춰 설 일은 없겠구만."

사장의 안전모 발언에 줄빠따를 맞았던 것은 딱 부장급들, 즉 현장 소장까지였다.

그 아래로는?

멋도 모르고 맞았고, 그 뒤에는 알아서 기었는데, 안전모의 정체를 알 리가 있나?

당연히 진 소장도 안전모를 모르리라.

'훗. 하긴, 이사들도 안전모 하면 치를 떠는데. 여기라고 별다르겠어? 그게 벌써 일 년이 지났네.'

지금은 사우디에서의 공도 있고 해서, 전무를 코앞에 두고 있는 곽 이사였다.

'이대로 시간만 흘러라. 제발. 아무 일 없이.'

치직. 치직─

무전기 소리가 곽 이사의 상념을 깨뜨렸다.

─소장님, 소장님. 이리 좀 와 보셔야겠습니다.

진 소장의 기분이 확 상했다.

"뭔가? 내가 지금 어떤 분과 이야기 나누는지 모르는 건가?"

잘못된 것을 시정하면 끝나는 간단한 일이었다.

문 차장이 말한 곳에 가서, 딱 보는 순간 느낌이 왔다.

'아! 한다고 말만 하고 수정 작업을 안 했구나!'

어떻게 아느냐고?

딱 보면 안다.

고치려는 의도가 있었다면, 잘못된 점이 수정되어 있었을 것이다. 또한 재작업을 했음에도 불구하고 수정이 되어 있지 않다면, 그건 작업자의 수준이 떨어진다는 말과 다를 바가 없다.

'10만 원 주고 일을 시켰는데, 5만 원의 품질이 나오면? 그건 계약 위반이지.'

그게 기능공과 조공의 임금 차이다.

오래 그 일을 했느냐는 상관이 없다. 그 품질을 만들어 내느냐 못 내느냐의 차이인 것이지.

'그리고 문제는 기공이 일을 했다면, 이런 품질은 나올 수가 없다는 거지.'

흙 만져 가며 일하는 사람들이라고 자존심이 없을 것 같은가?

'갑에게 머리를 숙일지언정, 자기 일에 대해서는 절대 말이 나오지 않도록 완벽을 기하는 자들이 기능공들이거든.'

그런 사람들이 이렇게 일을 한다고?

손재주 하나만큼은 누구 부럽지 않은 사람들이?

'어디서 어설픈 조공들을 데리고?'

조공들을 무시하는 발언을 하느냐고?

어쩌겠나? 실력이 안 되는데.

꼬우면 실력을 키우는 수밖에.

어찌 되었든 만족할 결과가 나오지 않았다면, 만족할 때까지 수정을 하면 될 일.

문 차장이 해놓으라고 했는데, 왜 안 했냐? 등등의 말은 할 필요가 없었다.

반장을 불렀다.

"반장님, 시방서 기준하고 안 맞네요. 다 뜯으세요. 그리고 재작업 하세요."

작업반장이 뒷골을 잡았다.

"에이, 김 기사. 다 굳은 걸 어떻게 뜯어? 미리 말을 해야지. 다음 것부터는 확실히 할 테니까, 이번만 넘어갑시다."

웃으며 뭉뚱그리는 반장에게 차가운 눈으로 말했다.

"재작업 하세요."

"어허! 이거 참. 어린 친구라서 좋게좋게 넘어가려고 했더니, 말이 안 통하네."

히죽거리며 주먹을 뚜둑거린다.

"김성훈이. 너 이 새끼. 알고 보니까, 정식 기사도 아니더구만."

"그게 이 상황이랑 관계가 있는 겁니까?"

"왜 상관이 없어. 소장도 아무 말 안 하고, 다른 직원들도 아무 말 안 하는데, 왜 기사도 아닌 게 시비를 거냐? 이 말이지?"

도면 보는데 자격이 왜 필요한가?

잘못된 점을 말하는데 고칠 생각은 않고, 시비라고 생각한다는 말인가?

'그냥 제대로 못 했다고 사과하고, 다시 하겠다고 하면 안 되는 것인가?'

기사와 작업자들의 싸움은 항상 1 대 100이다.

"지시대로 작업을 할 수 없으면, 현장에서 빠지세요."

"어허! 이런 식으로 나오면 우리도 여기서 일 못 하지."

"이런 식이라뇨?"

"대충 넘어갈 수 있는 걸 가지고 지금 시비 걸고 있는 거잖나?"

듣고 있는 성훈이 어이가 없어졌다.

'대충? 이게 대충이 말이 되는 소리인가?'

한 뼘, 두 뼘, 손 한 마디, 두 마디?

이런 대충도 아니고, 정확히 3㎜라고 기준이 표시되어 있는데?

더 열 받는 건 다른 것이었다.

'이 기준을 5㎜에서 3㎜로 줄이려고, 양 부장이랑 얼마나 말싸움을 했는데? 그 노력을 아무짝에 쓸모없는 허사로 돌리라고?'

자연스레 목소리가 올라갔다.

"반장님은 대충이라는 말을 알지 몰라도, 저는 거기 어울릴 생각이 추호도 없습니다. 재작업 하세요. 여기 시방서에 맞춰서."

작업자들도 덩달아 웅성거린다.

반장의 말에 장단을 맞추는 것이리라.

"허참, 좋게 말로 하려니까, 말이 안 통하는 친구네."

"재작업 하면 그 돈 자네가 줄 거야?"

"재작업 할 일 없게, 처음에 제대로 하셨어야죠."

"일하다 보면, 몇 개쯤 잘못될 수도 있는 거지. 뭘 그걸 가지고 시비야. 시비가?"

"시비 거는 건지, 아닌지 확인해 볼까요?"

어차피 입의 개수가 100배나 차이 나면 말로는 못 이긴다. 승리를 예감한 듯, 반장의 입에 비웃음이 걸린다.

"어떻게 할 건데?"

"시방서 수치하고 다르면 군소리 안 하는 겁니다."

"흥. 해보든가?"

왜 이들은 이런 행동을 보일까?

내가 어리기 때문이다. 아직 학생이기 때문이다.

'네가 알아봐야 얼마나 안다고?' 하는 선입견 때문이고, 이런 식으로 어린 기사들을 많이 길들여 봤기 때문이다.

어린 기사들에게 제일 무서운 것?

그것은 책임이다.

'책임질 수 있어?'

이 한마디에 기사들은 주눅이 든다.

경험이 없어서 확신이 없기 때문이다.

속으로 피식 웃었다.

'훗. 기숙사 공사할 때, 돌쟁이 차반장이 이걸로 나하고 얼마나 싸웠는데.'

0.1㎜라도 어긋나면 돌 귀퉁이를 톡톡 깨는 바람에 차 반장이 숨넘어갈 뻔한 적이 한두 번이었던가?

'햄머 들고 겁주는 것. 그건 미련한 짓이지.'

타일이든, 대리석이든 귀퉁이만 톡톡 깨부수면 된다. 그걸로 재공사 확정이다.

왜냐고?

한두 군데면 땜빵으로 하겠지만, 그 수가 많으면 아예 뜯고 새로 하는 게 빠르다. 개고생해서 붙여놔도, 한 군데만 손상되면 다시 해야 한다.

작업복 주머니에서 실타래를 꺼냈다.

내가 무슨 짓을 하는지, 지켜볼 요량인지 작업반장은 팔짱을 끼고 인상을 쓰고 있었다.

'해보라면 못할 줄 알고?'

한쪽 끝에 실을 걸고 반대쪽으로 가면서 그에게 물었다.

"분명히 반장님이 하라고 하신 겁니다."

아마 이 말을 할 때, 나는 살짝 웃고 있었던 것 같다.

어쩌면 이런 기회가 오기를 바라고 있었는지도 모른다.

'제발 한 놈만 걸려라' 하면서 말이다.

왜 이리 심술 맞냐고?

절대 아니다. 이건 기준의 문제다. 기준이 엉망이니 이런 문제가 발생하는 것이다. 기준을 제대로 잡아야 할 대가리가 돈맛에 취해 휘둘리니 이런 일이 생기는 것이다.

양쪽으로 실을 걸어 당기니 팽팽해졌다.

반장이 있는 중앙으로 돌아왔다.

팅.

반장에게 말했다.

"확인하세요. 직선인지?"

실이 무거워 밑으로 처지면 처지지, 옆으로 붙을 일은 없다. 자석이 아니잖아!

"당연히……."

"직선이겠죠?"

"응…… 그런데 뭐하려고?"

"이제 확인해 봅시다. 반장님. 이거 전부 다."

"야, 김 기사. 이거 수천 장 넘을 텐데."

"오늘 해지기 전에 끝낼 수 있습니다. 퇴근 시간 늦는 일은 없을 테니까, 걱정 마십시오."

반장을 안심시키며, 한 손에는 줄자를, 다른 손에는 작은

장도리를 꺼내 들었다.

'이런 거 하는데, 레이저는 무슨⋯⋯.'

"아깝네요. 0.7㎜만 더 밀어 넣었으면 합격이었는데."

"하하하, 김 기사. 이 정도는⋯⋯."

반장의 말이 채 끝나기도 전에 모서리를 찍었다.

톡.

대리석 귀퉁이가 떨어져 나갔다.

반장의 얼굴이 일그러졌다.

"아, 진짜! 1㎜도 아니고, 0.7㎜라고!"

"그래서 오차 3㎜를 안 넘는다는 말씀이세요?"

말문이 막힌 반장이 제 가슴을 텅텅 친다.

"아니, 그런 건 아니지만, 이건 너무하잖아."

"너무하기는요. 이미 오차를 3㎜나 허용을 한 상태예요.
거기서 또 오차를 허용하라고요?"

'내 마음 같으면 오차 1㎜로 하고 싶었거든요.'

현재 건설 양 이사가 다른 항목으로 딜을 걸지만 않았다
면, 이것도 1㎜로 고집을 했을 것이다.

1㎜든 0.5㎜든 기술자들은 할 수 있다.

실제로 차 반장도 그렇게 했었다.

'양 이사가 입에 거품을 물어서 겨우 참았건만.'

반장이 나를 졸졸 따라다니며, 하소연을 한다.

'하지만 당신은 이미 기회를 놓쳤어.'

기회?

그건 이미 문 차장이 한 번 제공했다.

"아이쿠, 이번에는 진짜 아깝네요. 0.5㎜. 고무망치 한 번만 더 두드리시지."

다시 장도리로 튀어나온 부분을 콕 찍었다.

"훅! 훅!"

반장의 콧바람이 내 목덜미를 간지럽힌다.

"이 정도 가지고는 어느 현장 누구도 이야기 안 한다고!"

"그럼 그런 현장에 가셔서 일하세요. 어느 현장인지야 저도 모르지만."

"아, 사람 참. 너무하네. 응? 사람이 융통성이 있어야지 말이야! 안 그래? 안 그러냐?"

반장은 내 뒤를 죽 둘러싸고 있는 인부들에게 동의를 구하는 중이었다.

'훙. 이게 다수결로 결정할 일이냐?'

여태껏 어떤 식으로 기사들을 후렸는지 몰라도, 내 현장에서는 어림도 없어. 어설픈 조공들을 기공이라고 억지를 쓰며 현장에 밀어 넣기 때문에 이런 불량품이 나온다. 반대로 정말 실력 있는 기공들은 그 가치를 제대로 인정받지 못한다.

'손놀림만 척 봐도 시다바리더구만.'

그들이 뭐라고 하든, 나는 내 일만 하면 된다.

또 불량이 나왔다.

어차피 살리지 못하는 것.

현장의 손해는 없다.

대리석 회사에서 그 시공팀을 부리는 거니까.

시공 하자로 발생한 부족분은 어차피 그 회사에서 보충해야 한다.

'물론 그만큼 작업반장은 욕을 먹겠지.'

대리석에 줄자를 갖다 대며 말했다.

"아이쿠, 반장님. 이번에는 왕건이네요. 1.5㎜. 맞죠?"

"끙. 그렇군."

"그럼. 부담 없이."

톡. 톡. 톡.

빠직.

반장의 이마 혈관이 불끈 튀어나왔다.

'흥. 당신 핏줄이야 터지든가 말든가!'

애초에 약간만 신경을 써서 일했다면 이런 일은 없었어. 이 양반아.

붙이는 대리석의 개수에 따라 돈을 받기 때문에, 그들은 붙이는 것에만 신경을 썼지, 어떻게 붙여야 하는지를 신경 쓰지 않았다.

차라리 해머로 시원하게 깨부수지, 왜 이렇게 약 올리듯 하느냐고?

그래! 약 올리는 거 맞다.

예전 기숙사 현장에서 돌쟁이 차지석을 상대할 때, 그가 언제 가장 열 받았는지를 기억하고 있거든.

크게 하자가 나서 수정이 불가피한 부분들은 '미안하군' 하면서 차 반장, 스스로 대범하게 망치를 휘둘렀다.

'그런 차 반장이 가장 열 받았을 때가 언제냐고?'

바로 이럴 때다.

영 점 몇 밀리 차이가 날 때.

왜냐고?

조금만, 정말 조금만, 말 그대로 0.1㎜만 더 신경 써서 안으로 밀어 넣었다면 하자가 아니거든.

0.1㎜는 고무망치로 한 번만 더 톡 치면 되는 거였다.

그 한 번의 손길이 하자와 합격을 가르는 것이다. 시공자의 입장에서 얼마나 안타까우랴!

하지만 시멘트는 굳어버리면 끝! 수정할 수 없다.

어설프거나 마음 약한 심사위원을 만났다면, 합격 판정을 받았을지도 모르지.

이런 상황에서 귀퉁이가 톡 부서질 때, 차 반장은 가슴을 쥐어짜며 한숨을 내쉬었다.

'차 반장도 속으로야 욕을 한 바가지 했겠지만.'

감독의 채점에 아량을 바라는 수험생의 마음이 이럴까?

'미안해요, 반장님. 아량이 없어서.'

나처럼 속 좁은 사람에게 걸리면, 그냥 재수가 없었다고 생각하는 게 낫다.

부글부글 끓어오르던 속을 누르고 있던 반장이 결국 폭발했다.

"야, 이 사람아! 맘에 안 들면 다 때려 부숴 버리면 되지. 이게 뭔가? 지금…….''

'약 올리는 건가?'라는 말을 하고 싶겠지.

하지만 나는 대응하지 않았다.

차분히 말했을 뿐이다.

"정확하게 해야죠. 맘에 안 든다고 때려 부수면 됩니까? 작업자분들의 성의를 생각해서라도 그렇게 하면 안 되죠? 안 그래요? 그게 설령 0.1㎜라고 할지언정.''

"귀퉁이가 나가나, 전체가 부서지나 갈아치워야 하는 건 마찬가지라고.''

"그래서요? 저보고 기준에 벗어나지 않은 것도 불량 취급하라고요. 전 그런 짓 안 합니다.''

꿈틀.

반장의 관자놀이에 혈관이 용트림을 한다.

"아오! 망할 자식. 내 현장 짬밥 30년에 이런…….''

"놈은 처음 보셨죠?''

반장의 얼굴이 벌겋게 달아올랐다.

그에게 말했다.

"이제 이게 일상이 될 겁니다."

반장이 들고 있던 고무망치를 바닥으로 내동댕이쳤다. 대신 해머를 번쩍 집어 들었다.

작업자들이 다급히 달려들었다.

"야! 반장 말려?"

"말리긴 뭘 말려? 씨발. 안 해! 좆같은 거."

쾅. 쾅.

제 분에 못 이겨 휘두르는 망치에 대리석들이 조각조각 부서져 나갔다.

"반장님, 진정을……."

하지만 아무도 그의 주변으로 다가가지 못했다.

"어차피 저 새끼 눈에는 다 불량이야!"

쾅. 쾅.

곽 이사와 함께 도착한 곳에서는 작업반장이 미치광이처럼 대리석 벽에 해머질을 하고 있었다.

"아이, 씨발. 내 더러워서 안 한다!"

버럭버럭 고함을 지르면서 말이다.

"야! 개새끼야. 이제 맘에 드냐? 맘에 드냐고?"

성훈이 어깨를 으쓱했다.

"처음부터 이랬으면 얼마나 좋아요? 내일 다시 올 테니까, 제대로 해놓으세요. 아시겠죠?"

성훈이 작은 장도리를 보란 듯이 흔들더니, 주머니에 쏙 넣고는 사라졌다.

반장이 버럭 고함을 질렀다.

"야, 씨발. 사장한테 전화해. 이딴 현장 못 한다고. 알았어?"

멀리서 소동을 지켜보던 곽 이사가 말했다.

"난 말이야. 진 소장 자네가, 여기서 떡값을 챙기든, 뭘 하든 전혀 관심이 없어."

"……."

이미 알고 있다는 식으로 말하는데, 무슨 대꾸를 할 것인가?

그럼 곽 이사는 청렴결백하냐? 그것은 절대 아닐 것이다.

오히려 그 방면에서는 곽 이사가 더 고수였다.

'그럼 문제가 뭡니까?'

진 소장의 눈이 곽 이사를 향했다.

"하지만 현장에 문제가 발생하는 것은 큰 문제지. 자네도 알겠지만, 이 현장은 사장님께서 관심을 많이 보이는 현장 중에 하나라고."

곽 이사의 말이 이해되었다.

그가 이 현장에 관심을 보이는 것도 단지 그 이유 때문이리라. 사장의 관심.

"그럼……."

"그래, 난 이 현장에서 잡음이 생기는 것이 제일 싫어. 한 번쯤이야, 그냥 넘어간다고 하더라도, 몇 번이 반복되면 당연히 사장님 귀에도 들어가지 않겠어?"

진 소장의 눈이 꿈틀거렸다.

곽 이사가 원하는 것은 하나였다.

잡음 없는 현장!

"크윽. 알겠습니다. 뿌득."

"말로는 누가 못해? 결과를 보이란 말이야."

"큭, 알겠습니다. 다음에 오셨을 때는 다른 모습을 보여드리겠습니다."

"첫 현장이 마지막 현장이 되지 않게. 신경 쓰라고."

곽 이사가 떠나기 전, 문 차장이 슬며시 물었다.

"이사님? 뭐땀시 그렇코롬 소장을 도발하셨다요?"

"내가 무슨 도발을 했다고 그러나?"

"거시기. 지가 보기엔 일부러 울 성훈 씨허고 한판 하게끔 유도하시는 것 같던디. 아니믄 말구유. 지가 잘못 봤는가 보네요."

하지만 그의 눈빛은 확신에 차 있었다.

곽 이사가 피식 웃었다.

"자네 눈치도 백단이구만."

"헤헤, 역시 그러셨구만이라."

"진 소장이 나름 준비를 많이 한 것 같아. 지금은 건드려 봐야 얻는 것보다 잃는 게 더 많지."

"허긴 그렇지라. 엮인 것이 많아부러서."

"이런 문제는 내부에서 해결책이 나와야 하지. 성훈 군이 어떻게 풀어 가는지 한번 보자고. 기회가 생기면 저놈은 내가 바로 처리하지. 현장에 타격을 덜 줄 수 있는 방법을 찾으면 말일세."

"아무래도 소장이 대충 넘어가지 않을 것 같으니께, 지도 방법을 찾아보겠어라. 그럼 잘 올라가셔유."

멀어져 가는 문 차장을 보며 미소 지었다.

'이런 걸 보고 손 안 대고 코 푼다고 한다던가?'

가만히 두면 둘 중의 하나는 나가떨어지겠지.

'누가 나가떨어지든, 내게 손해가 되는 일은 없을 터. 성훈 군이 지면? 다음에 점수 따면 되지!'

하나 이 현장이 뒤집히면, 내가 먼저 잘린다고!

김 과장이 걱정스레 물었다.

"성훈아, 현장에서 말이 많다."

"무슨 말이요?"

"오늘 일 말고도, 이것저것 지적하고 다닌다면서?"

"아, 그거요? 기사가 하는 일이 그거죠. 뭐가 잘못되었습니까?"

"조심하자는 말이지. 이런 말 하기는 부끄럽다만, 월급쟁이 아니냐?"

"그런데요?"

"그래서 소장한테 함부로 못 덤빈다."

소장한테 못 덤비는 건 당연한 거지만, 그게 작업자들에게 무시당할 이유는 아니었다.

"왜 이렇게 작업 지시를 무시하는 겁니까?"

"그게 말이다."

"휴, 우리 외주업체들 몽땅 소장이 데리고 왔거든. 소장이 우리 편보다 외주업체 편을 드니까, 우리 말을 무시하는 거지."

"그런데 그런 걸 보고도 놔둔단 말입니까?"

"생각을 해봐라. 소장 입장에서 따박따박 매달 돈 갖다 바치는 물주들이 예쁘겠냐? 아니면 물주 괴롭히는 우리가 예쁘겠냐?"

"그래서요?"

"그런 소장 돈줄을 대놓고 괴롭혔으니까. 이번에는 그 인간도 그냥 안 넘어갈 것 같다. 조심해라."

치직.

−김 과장님, 회의 있다고 소장님이 부르십니다.

무전의 음성을 듣고, 김 과장이 다급히 자리를 떴다.

"성훈아, 나 먼저 들어갈 테니까, 석공들하고는 가급적이면 좋게 화해해라. 알았지? 하루 이틀 볼 사이도 아닌데, 얼굴 붉혀서 뭐하겠니?"

소장이 물었다.

"김 과장, 아까 그 시공팀 어떻게 할까?"

"내보내시게요?"

그 말에 소장이 말없이 웃었다.

"어쩌냐? 일 못 하겠다고 저 지랄을 하는데."

"아니. 대안도 없는데, 내보내시면 어떡합니까? 공기 늘어나는 건 어떻게 하시려고요?"

"그럼. 나 보고 어떡하라고? 시공팀한테 무릎이라도 꿇고 빌까? 나 소장이야."

"어떻게든 달랠 생각을 하셔야죠. 후속 공정도 있는데, 이렇게 가다가는 현장 박살 납니다."

"흥."

"그래도 시공사장들이 소장님 말씀이라면 한 수 접어주잖습니까?"

"쩝, 이 사람들아. 아무리 기사라고 해도 말이야. 어느 정도 유도리 있게 일 진행을 해야지. 저게 뭐하는 짓이야? 안 그래?"

"네, 성훈이도 좀 심한 부분이 있었죠. 그래도 현장은 꾸려가야 할 것 아닙니까?"

"그래서 대체 인력을 구할 수 있단 말이야. 없단 말이야?"

"불가능합니다. 지금 다른 현장에서도 사람 없다고 난리도 아닌데, 어디서 사람을 빼 옵니까?"

소장이 고개를 끄덕였다.

"그래? 그렇단 말이지? 절대로 빠지면 안 된다는 말이지?"

"당연하지 않습니까? 성훈이가 아직 어려서 뭘 몰라서 그런 겁니다. 소장님께서 시공업체 사장들 불러서 잘 좀 달래주십시오."

김 과장의 부탁에 소장이 옅은 미소를 띠며 고개를 끄덕였다.

"알았네. 나가 보게!"

김 과장이 사라지고, 소장이 수화기를 들었다.

'흐흐흐. 이 새끼. 맛 좀 봐라.'

"박 사장, 아까 시공팀 얘기 들었지?"

―이게 무슨 사단입니까? 일 잘하는 사람들한테.

"그건 됐고. 이번에 사람 빼더라도 사흘 뒤에 인원 따블로 넣을 수 있지?"

―하지만 그래도…….

"그래, 힘든 거 알아. 현장공정에 문제만 없도록 부탁해."

─정말 빼야 되는 겁니까?

"그래, 며칠만 참아. 멋모르고 날뛰는 망아지는 초장에 버릇을 들여야지. 계속 휘둘리고 싶어?"

'너 이 새끼. 김성훈이. 책임 못 질 일은 벌이지 말았어야지.'

어쩌겠어? 수습사원 때문에 시공팀이 일 못 하겠다고 뻗대면 말이다.

'훗! 제 놈도 염치가 있으면, 스스로 현장에서 빠지겠지.'

치직. 치직.

─성훈 씨, 거시기. 아까 대리석 까 부신 데로다가 언능 오셔잉.

무전기에서 문 차장의 다급한 목소리가 들렸다.

"왜요? 무슨 일인데요?"

─우째쓰까잉. 큰일 나부렀어. 석공 팀들 짐 싸고 있당께!

'누구 맘대로 철수야? 현장이 애들 장난치는 곳이야? 기본이 안 되어 있구만.'

57장
스타타워 현장(3)

　현장에 도착했을 때, 문 차장이 반장을 붙들고 애걸복걸하고 있었다.

　"이러코롬 현장을 내팽개치고 가믄 어떡한당가? 다른 공종들 손해 보는 건 생각도 안 하능겨?"

　하지만 반장은 냉랭하게 웃었다.

　"흥. 그러게, 누가 내 성질 건드리라고 했어? 우리도 하는 만큼 했다고!"

　반장은 문 차장에게서 눈을 떼고, 아직 장비를 다 챙기지 못한 작업자들을 닦달했다.

　"야. 얼른 안 챙겨? 동작이 왜 이리 느려?"

　내가 오는 걸 보고 문 차장이 뛰어왔다.

"성훈 씨. 이거 어칸데요?"

그의 다급한 마음이 느껴졌다.

"반장님. 지금 철수라고 하셨습니까?"

"응. 마침 잘 왔네. 너도 못 보고 그냥 갈 뻔했네."

"전 왜요?"

"잘 들어라. 김성훈이. 네가 먼저 시작한 거다."

"작업한 거 수정하라고 해서 이러는 겁니까? 훗."

"어쭈. 코웃음 치네. 확 그냥!"

반장이 말을 이었다.

"사람이 말이야. 적당이라는 걸 알아야지. 이렇게 사람을 무시하면 안 되는 거야! 알아!"

그도 맺힌 것이 많은 듯했다.

"사람 하는 일에 완벽이 어디 있어? 꼴랑 영 점 몇 미리 가지고 사람 바보 만들면 안 되지. 암!"

"꼴랑 몇 미리요?"

"그래. 꼴랑 몇 미리!"

"성훈 씨. 적당히 사과하고 넘어 가장께 그러네."

"흥. 차장님. 왜 반장이 직접 해머 들고 설친지 아십니까?"

갑자기 그 이야기를 왜 하냐며 반장과 문 차장이 나를 바라본다.

"내게 가장자리만 계측한 게 그 정도입니다. 가운데로 가면 3㎝가 넘는 게 수두룩해요."

그냥! 말 그대로 개판이었다.

초등학생을 불러다가 붙여도, 그것보다는 잘 붙일 자신이 있었다.

실 하나 띄워 놓고, 거기에 맞추라고 하면, 손놀림이 정상인 이상, 크게 어긋나지 않는다. 그게 귀찮아서, 되지도 않는 자기 실력을 믿고 대충 작업했기 때문에 이런 사단이 벌어진 거다.

안 봐도 불을 보듯 뻔한데, 지금 내 앞에서 대충? 적당? 미친 거냐?

"봤어?"

"봤죠. 당연히."

내 천연덕스런 대꾸에 반장의 미간이 꿈틀거렸다.

"큼큼. 그럼 증거 있어?"

있을 리가 있나?

다 박살이 났는데, 누구 때문에.

'내가 미쳤다고, 해머질 안 하고, 귀찮음을 감수하며 손망치질을 했는데.'

눈치가 빨랐던 건지, 아니면 성질이 더러웠던 건지 결과적으로 증거는 사라졌다.

나중에 자기 사장에게 할 말은 있을 것이다.

제대로 했는데, 성훈 기사가 말도 안 되는 딴죽을 건 거라고 말이다.

'웃음밖에 안 나오네.'

반장에게 말했다.

"당신네 사장한테 책잡힐 일 생길까 봐 일부러 다 박살 낸 거잖아요. 반장님. 안 그래요?"

"흥. 이제 말도 안 되는 억지를 쓰네. 젊은 양반이 그렇게 안 봤는데 말이야."

뻔뻔하게 대응하는 반장의 입가에 고소가 어렸다.

증거가 없으니, 자기는 당당하다는 거다.

"뭐. 이제 그런 증거도 필요 없겠네요. 나가신다니까."

"내가 그냥 넘어갈 것 같아? 대리석 파손된 거 네가 책임져야 할 거야. 우리 노임은 물론이고."

반장이 눈에 쌍심지를 켜고 나를 꼬나본다.

이참에 기선을 제압하겠다?

나 참. 어이가 없구만. 누굴 바보로 아나?

현장을 개판으로 만든 것도 모자라서 책임을 떠넘겨?

그리고 무책임하게 현장을 버려두고 나간다는 인간이 지금 책임에 대해 따진다?

다시 들어올 생각인가? 무슨 수로?

고대 중국의 성현, 맹자가 말했다.

往者不追 來者不拒(왕자불추 래자불거).

고상한 해석이 가능하겠지만, 결론은 이거다.

'오는 놈 안 막고, 가는 놈 안 붙잡는다.'

책임을 들먹이니 내가 말문이 막혔다고 생각했던지, 문 차장이 슬쩍 귀띔을 해준다.

"아무래도 소장 그 인간이 장난을 친 거 같구만. 안 그라믄 저렇게 당당할 수가 없당께."

"그렇겠죠. 일당쟁이들이 일당을 포기할 정도니, 대안이 있겠죠."

"그라니께. 나 생각은 말여. 적당히 달래믄 내일이라도 당장 작업을 재개헐 것 같은디."

"전 그럴 생각 없습니다."

"그라믄 우짤라고 그려?"

"어차피 저 실력 가지고, 이 현장 마무리 못 짓습니다."

정해준 기준에서 한 발짝 한 발짝 양보하다 보면, 결국은 낭떠러지로 밀려난다.

타협?

좋은 단어이지만, 내 현장에는 해당 사항 없다.

"부반장님."

반장의 부하가 어색하게 나를 바라본다.

"똑바로 말하세요. 내가 깨부셨습니까?"

"아니…… 그건 아니지……."

"쓰읍! 닥쳐! 자넨 저리 가서 애들이나 챙겨!"

반장이 나서며 그의 말을 끊었다.

"우리 헤어질 때, 헤어지더라도 말은 바로 합시다. 반장님. 내가 깬 건 스무 장도 안 됩니다. 아시죠?"

"그래서? 책임 못 지겠다고?"

"당연하죠. 그 비용에 대해서 말한다고 해도, 난 관계없습니다. 그건 분명히 잘못되어 있었고, 나머지는 당신 손으로 깨부순 거니까요."

우리 둘의 말싸움에 문 차장은 조용히 눈치만 보고 있다.

끼어들어 봐야 좋은 꼴은 못 보니까.

"허허. 인정을 안 하네. 아니면 현장이 뒤집혀도 괜찮다는 거야?"

어차피 여기서 물러나도, 현장은 엉망이 된다.

나 자신이 기준을 흐트려 놨는데, 누가 내 기준의 가치를 인정하겠는가?

마루는? 설비는?

현장에 있는 모든 공종들이 말하지 않겠는가?

'성훈 기사. 석공 팀한테도 그만큼 양보했잖아. 우리도 좀 봐줘'라고.

그렇게 타협이 오가는 현장이 제대로 아름답게 마무리될까?

'정 안 되면, 본사에 설계 건으로 딴지 걸고 멈춰 세울 생각도 하고 있다고.'

내 뜻대로 할 수 없는 현장을 남들 멋대로 진행시켜서 내 작품에 똥칠할 생각은 전혀 없거든.

"뒤집어질 건 아시네요? 그러면서도 나간다고 고수를 하는데, 제가 무슨 말을 하겠습니까?"

부반장은 걱정이 되는지, 슬며시 돌아와 말렸다.

"반장. 우리만 빠져서 된다면 나도 이런 말 안 하겠는데, 우리 후속 공종은 어떻게 되나? 이건 그 사람들 죽으라는 말밖에 안 되는 거야."

"쓰읍. 닥치고 있으래도?"

"다시 현장 들어온다고 해도, 그 사람들 얼굴을 어떻게……."

"네가 반장이야? 네가 사장한테 말해."

"그건……."

"안 그러면 찌그러져 있어."

다시 내게 고개를 돌렸다.

"아. 몰라. 우리는 철수한다."

깨진 대리석들이 너저분하게 흩어져 있었다.

"현장 정리도 안 하고. 그대로 철수한다고요?"

"흥. 답답한 놈이 알아서 치우겠지."

"누구요?"

"거 왜! 맨날 안전모, 현장 정리를 입에 달고 있는 놈 있잖아."

나 말하는 거냐?

"경고합니다. 제대로 현장 정리 안 하면 현장 출입 금지합니다."

반장이 같잖다는 듯이 웃었다.

"내가 할 말이다. 이놈아. 하여간 제대로 사과 안 하면, 앞으로 우리 못 볼 줄 알아. 알았어?"

사과는 무슨!

잘못한 게 있어야 사과할 마음도 생기지.

그의 말에 대답해 줄 것은 코웃음밖에 없었다.

"허 참. 마지막으로 한 마디만 더 하지!"

"말씀하세요."

"아무리 우리가 밑바닥 인생이라도 자존심이 있어. 그렇게 사람 무시하면 안 되는 거야. 대충 넘어가야 할 때는 넘어갈 줄도 알아야지."

자존심?

그런 가치 있는 말은 실력이 되는 사람이 말해야 하는 거다. 너 같은 삼류도 못 되는 쓰레기가 아니라.

실력을 갈고닦지도 않은 주제에 어디서 자존심을 말하고 있는 건가?

대꾸할 가치도 못 느꼈다.

"그럼 그렇게 대충 하는 현장으로 가세요. 저도 안 붙잡습니다."

"그렇단 말이지. 알았어."

"참. 철수하는 것, 대리석 사장님도 동의하신 거죠?"

"흥. 당연하지."

"사장님한테 전하세요. 나갈 때는 제멋대로였을지 몰라도, 들어올 때는 뜻대로 안 될 거라고요."

"흥. 좆만 한 게! 말은 잘하네. 그럼 네 뜻대로는 될 것 같으냐?"

"그리고 이것도 전하세요."

"또. 뭘?"

"앞으로 현장으로 들어오는 물건은 제가 직접 검수할 테니까. 그렇게 아시라고요."

"흥. 겁주는 거냐? 무서워할 줄 알고?"

문 차장이 눈을 부릅떴다.

당해 본 사람만 아는 괴로움.

하지만 그것을 당해 본 사람은 아직은 극소수.

문 차장이 투덜거렸다.

"아따. 또 누구 하나 디지겠네."

시공팀이야, 무슨 수를 써서 교체를 한다고 해도 업체까지 교체하는 데는 무리가 따르니, 저런 식으로 품질을 지키겠다는 의미이리라.

반장이 이죽거리며 말을 이었다.

"물건 잔뜩 쟁여 놨는데, 작업자 없이 일 어떻게 하는지 보자. 야! 가자."

문 차장이 황급히 반장을 뒤쫓았다.

아직 현장을 나간 것은 아니니, 기회는 있었다.

몇 명만 남겨 두고 가도, 급한 일은 어찌어찌 할 수 있는 것 아니던가?

완전히 빠지는 것과는 차원이 다르다.

"거시기. 반장. 아무리 화가 나도 이런 것은 경우가 아니제. 그라고 말여."

"흥. 문 차장. 우리가 뒷감당할 자신도 없이 이런 일을 벌이는 것 같어?"

"엥? 그것이 뭔 소리……."

반장이 턱짓으로 슬쩍 현장사무실을 가리켰다.

고개 돌린 문 차장의 눈에 소장이 보였다.

이 난리 통을 지켜보는 그의 얼굴에는 옅은 웃음이 어려 있었다.

'저 개 놈의 종자가! 현장 돌릴라믄 알아서 기어라. 그 말이여? 시방?'

좋은 게 좋은 거라고, 웬만하면 큰 문제 없이 현장 진행되기를 문 차장이 얼마나 기도했던가?

소장의 지시가 분명하니, 문 차장 자신이 아무리 부탁해 봐야 도루묵일 터.

"우리 사흘 뒤에나 얼굴 볼 수 있을 거요."

"그게 뭔 소리당가?"

"그건 알 거 없고. 하여간 저 싸가지 없는 새끼 얼굴만 안 보이면 내일 당장에라도 들어올 거요. 하여간 그렇게 아쇼!"

성훈이 버럭 고함을 질렀다.

"차장님!"

"왜?"

"잡지 마세요."

문 차장이 중간에서 오도 가도 못하고 발만 동동 구른다.

"우짜쓰까잉. 워매 미쳐 불겄네."

"얼른 안 오세요?"

결국 문 차장은 인상을 찌그러뜨리며 머리칼을 쥐어뜯었다.

"나가 대굴빡이 남아나질 않는당께. 저 독한 인간 땜시롱."

"망할 놈의 소장 새끼가 결국!"

김 과장의 말에 문 차장도 울분을 터뜨렸다.

"꼴랑 견습 하나 물 먹이려고 전체 공정을 멈추겠다는 거 아녀? 정신이 있는 겨, 없는 겨?"

"저번에 함바 사장 건도 한몫했겠죠."

"후속 공종들 손해가 이만저만이 아닐 텐데. 어쩌면 좋죠? 문 차장님?"

"나라고 뾰족한 수가 있당가? 아는 데다가 연락은 넣어 봤는디, 다들 제 일 하기도 바쁘니께, 우덜헌티 넣어줄 기공이 있겄어?"

누구나 아는 사실이라 김 과장도 힘없이 고개를 끄덕였다.

성훈이 물었다.

"소장은 뭐라고 합니까? 과장님."

"뭐라고 하겠냐? 자기도 어쩔 수 없다고 발뺌을 하더군. 성질 같아서는 확!"

"그래서? 어떻게 하라고는 말 안 해요?"

"알아서 하라고 하지. 능력 되면. 그게 더 약 오르더라."

"아따. 돌아버리겠네. 이 일을 우짜쓰까잉. 그러게 성훈 씨. 나가 뭐라 했당가? 그 성질머리 좀 죽이라고 혔어, 안 혔어?"

왜 문 차장과 김 과장은 머리를 쥐어짜고 있을까?

자기들이 손해를 보는 것도 아닌데?

현장을 지휘한다는 책임감 때문이리라. 현장의 공정표에는 여유 공간 따위는 없다. 당연한 거다. 여유만큼 로스가 생기고, 그것은 손해와 직결된다.

현장의 손해.

하루 벌어 하루 먹고사는 직공들의 손해.

현장은 공정표에 따라서 모든 계획이 준비되어 있다.

내일 들어올 물량, 인원, 장비. 그 모든 것들이 일체를 이루어야 공정에 차질이 없다.

그럼 기사들이 하는 일이 뭐냐? 우격다짐으로 이 공정에 모든 것을 맞추는 것이다. 하나의 공종이 나 몰라라 손 놓는 순간, 그 현장은 박살이 난다. 들어올 인원들을 대기시켜 놓앉는데, 들어와도 할 일이 없다. 그들의 노임은 공중분해 된다. 그럼 다른 현장으로 돌리면 되지 않느냐고?

하루만 써 달라고 하면 좋다고 해줄 현장이 어디 있는가? 그들도 공정표대로 움직이는데.

"시공자들이 손해를 많이 보겠는데요."

"거 봐라. 성훈아. 내가 조심하라고 했잖냐?"

김 과장은 다른 공종을 걱정하고 있었다.

성훈에게 악의를 보이는 사람들, 소장과 한통속인 사람들은 손해를 보는 것이 없다.

'현장이 다 그런 거지, 어떻게 하겠어? 맨날 이득만 볼 수 있어? 나도 힘들어. 좀 봐 줘.'

이렇게 말하는 자들은 돈을 쥐고 있는 사람들이다. 반대로 노동을 대가로 지불하는 인부들은 속이 바짝바짝 탄다. 하루 일해서 하루 먹고 사는 사람들은 앞의 공정이 멈춰버리면, 일을 하고 싶어도 할 수가 없는 것이다.

일을 안 하면 돈을 누가 주는가?

현장에서 그 손해를 메꿔주는가?

그럴 리가!

"소장. 그 새끼가 개새끼겨? 빌어먹을 놈."

"어쩌겠어요? 다른 방법을 찾아봐야지. 당장 내일 공정이 꼬이게 생겼는데."

"차장님, 과장님은 신경 쓰지 마시고, 공정 진행하세요.

이건 제가 풀어볼게요."

김 과장의 얼굴에 화색이 돌았다.

"성훈아. 방법이 있어?"

문 차장은 뭔가를 아는 듯 성훈을 바라봤지만, 이내 고개를 저었다.

"차 반장 부르라고 그랴? 쉽지 않을 것이여."

"왜요?"

"걔들 지금 사우디에 가 있잖어. 나도 부르라고 해 봤제. 젤루 먼저 생각이 나던디."

"뭐라던가요?"

"콧방귀도 안 뀌여."

"정말요?"

"차 반장이 인자 우덜이 알던 차 반장이 아녀."

무슨 말이냐는 눈빛으로 문 차장을 응시했다.

"사장님이여. 사장님! 차 반장, 걔 밑으루다가 직원이 300명이나 된당께. 안 올 것이여! 뭐가 아쉬워서!"

문 차장이 고개를 절레절레 흔들었다.

"차 반장이 정말 그래요?"

"응. 아까 통화혔어. 그라고 설령 부탁부탁해서 오기로 했다고 쳐도, 내일 아침꺼정은 불가능혀! 비행기가 걔들 간다고 기다려 줄 리가 없잖여? 못혀도 사흘은 걸릴 것이랑게. 다른 데를 알아보는 것이 낫어."

"그래요? 밑져야 본전이죠. 사흘 뒤에 그 인간들이 반드시 들어온다는 보장도 없구요. 안 그래요?"

한번 꺾인 기세는 다시 세울 수 없다.

성훈이 피식 웃으며 전화기를 들었다.

"성훈 씨가 알아서 하쇼. 어차피 나는 내 능력은 벗어났응께."

여기는 사우디아라비아 수도. 리야드 시.

현장은 언제나 바쁘게 돌아간다.

오늘도 일미리스톤 사장 차기석은 정신없이 현장을 돌아다니고 있었다.

"어이. 박 반장. 일 미리 넘어가면 어떻게 되는지 알지?"

눈을 부라리며 품질을 요구했다.

"알죠. 우리가 괜히 일미리스톤입니까?"

그 특유의 장인 정신으로 단 일 년 만에 회사를 이렇게 키운 장본인이 차기석이었다.

─치직. 현장 사무실에서 차 사장님 찾습니다. 아주 급한 일이라고 합니다. 즉시 와주십시오.

"알겠다. 즉시 가겠다. 좀 있다가 다시 확인하러 온다. 어설프면 알지?"

박 반장이 차 사장에게 굽실거리며 말했다.

"당연히 알죠. 걱정하지 마십시오."

"무슨 일인데, 그래요? 소장님. 억!"

현장 사무실에 들어서던 차기석의 발걸음이 순간 움찔했다.

"오랜만입니다. 차 사장님."

"아이고. 반갑습니다. 탈랄 비서관님."

차기석이 현재 공사를 하고 있는 곳은 알리 왕자 소유의 호텔이었다. 물론 현장 소장이 있지만, 어디까지나 공사의 주체는 알리 왕자였고, 탈랄은 알리 왕자의 심복이다.

그의 말이 곧 알리 왕자의 말. 평소에는 코빼기도 안 보이던 고위인사가 모습을 드러냈으니, 긴장하지 않을 수 없었다.

"혹시 무슨 문제라도 생겼습니까? 비서관님?"

탈랄은 근엄하게 전화기를 내밀뿐, 말이 없었다.

'뭡니까?'라고 물어볼 수 없다.

현지인 현장 소장이 얼른 받으라며 눈짓으로 채근했다.

그도 무슨 일인지 몰라서 전전긍긍하는 모습이었다.

차기석이 양손으로 휴대폰을 받아들었다.

'도대체 누구기에?'

"전화 바꿨습니다. 일미리스톤 차기석입니다."

-차 반장님. 김성훈입니다.

'응? 성훈이?'

고개를 움찔했다.

탈랄을 슬쩍 바라보니, 그냥 받으라는 눈치다.

일언반구 설명도 없었다.

"오. 성훈 씨. 웬일인가? 이 사람들하고는 무슨 관계……."

-자세한 건 나중에 말씀드릴게요. 탈랄이 끌고 온 리무진 보이시죠?

현장 사무실 앞에는 새하얀 리무진 세 대가 줄지어 서 있었다.

왕족 전용의 리무진.

저 차가 지나가면, 시내 교통이 마비된다는 그 리무진이었다.

조심스럽게 물었다.

"응. 그런데 왜?"

-작업자들 30명만 데리고 타세요.

"응. 알았어. 자네가 하라니까 한다만. 왜?"

-사람이 급히 필요합니다. 일 잘하는 사람으로.

"그래? 알았네."

문 차장도 전화로 뭐라고 했었지만, 차기석이 문 차장의 말에 움직일 사람은 아니었다.

그런데 이번에는 성훈이 직접 전화를 했다.

'이러면 하늘이 무너져도 가야지.'

전화기로 성훈의 말이 들려왔다.

―바쁘셔서 오기 힘드시면 안 오셔도 됩니다.

차기석이 깜짝 놀라며, 역정을 냈다.

"무슨? 그런 말도 안 되는 소리를……. 자네가 부르면 지구 반대편에 있더라도 날아가야지."

―거기 비행기는 알리가 준비했으니까, 내일 아침까지 현장 도착하는 데는 문제가 없을 겁니다.

"그래. 알았어. 바로 출발하지."

―미안합니다. 갑작스레 부탁을 드려서.

"그런 소리는 하지를 말게. 얼마든지 필요할 때, 부르기만 하면 돼. 진짜야!"

―감사합니다.

"어허! 그런 소리 하지 말라니까."

전화를 끊고 무전기를 들었다.

"반장! 30명. 5분 내로 현장사무실로 집합한다."

―아따. 사장님. 뭔 소리대요. 지금 한창 바쁜…….

"일미리가 부른다. 당장 뛰어와!"

현장에 비상이 걸렸다.

차기석과 반장들이 작업복 차림으로 리무진에 올라탔다.

탈랄이 말했다.

"바로 왕자님 저택으로 갈 겁니다."

공손하지만, 근엄한 탈랄의 말에 차기석의 허리가 절로 숙여졌다.

"네? 왕자님 집에는 왜?"

"거기 비행장이 있으니까요."

"네? 비행장이 거기에……."

"공구는 다 챙기신 겁니까?"

"아이고. 네. 다 챙겼습니다. 그런데 차림이 이래서."

"상관없습니다. 얼른 타시죠."

멀리서 마루 윤 사장이 뛰어왔다.

"차 사장! 뭔 죄지었어?"

탈랄의 경호원이 제지하려 했지만, 차 반장이 양해를 구했다.

"너무 갑자기 가는 거라서, 후속 공종하고 얘기 몇 마디라도 해야 할 것 같습니다."

탈랄도 이해했다.

그리 급한 것은 아니었다.

도로에서 10분은 비행기에서의 1분의 가치도 없었으니까.

"그럼. 짧게. 왕자님께서 기다리고 계십니다."

"네."

윤 반장이 헐떡거리며 주변을 두리번거렸다.

"이게 뭔 일이여? 진짜로……."

"아니. 일미리가 불러서."

"성훈이가?"

"응. 내일 아침까지 울산 현장으로 오라고 해서 가는 거야."

"이 리무진도 성훈이가 부른 거고?"

"그렇겠지. 알리 왕자랑 호형호제하잖아."

"햐! 차 반장 출세했네."

"됐고. 나 이제 간다. 늦으면, 너 때문이라고 할 거니까 각 오하고 있어."

윤 사장은 걱정하지 않는 모양이었다.

"차 사장. 가면 성훈이한테 나도 부르라고 해라."

"왜?"

"나도 리무진 한번 타보자. 왜!"

차기석이 피식 웃으며, 리무진에 올라탔다.

새하얀 리무진 세 대가 현장을 미끄러지듯 빠져나갔다.

다음 날 새벽 울산.

성훈이 현장 입구로 마중을 나왔다.

"오시느라 수고하셨습니다."

"오랜만이네. 고맙다는 인사도 못 하고 사우디로 날아갔는데."

"그런 이야기는 오늘 일과 끝나고 술 한잔 하면서 하시죠? 따라오세요."

"어라. 숨 돌릴 틈도 없이?"

"어제 석공 팀이 현장을 엉망으로 만들어 놔서, 자칫하면 공정 밀려요. 따라오세요."

"그래. 알았어."

차기석의 뒤에서 수군거리는 소리가 들렸다.

"저 인간, 뭡니까? 감히 우리 사장님한테!"

"닥치고 조용히 따라와. 엄한 소리 듣기 싫으면."

차기석과 십 년을 동고동락한 박 반장이 눈을 부라리며 웅성대는 상황을 종료시켰다.

차기석이 직원들을 돌아보며 말했다.

"다들 현장으로 들어간다. 안전모 착용."

"안전모 착용!"

30명의 인원이 한 치의 오차도 없이 복명복창한다.

쩌렁쩌렁한 소리가 현장을 가로지른다.

그 뒤를 이어진 안전 구호들.

성훈이 뒤를 돌아보았다.

'배웠으면 좋겠네. 우리 현장 사람들도.'

성훈에게 도면을 받아든 차기석이 물었다.

"시방서대로 3㎜에 맞추면 되나?"

성훈이 인상을 빡 썼다.

"그럴 거면 뭐하러 반장님 부릅니까? 아무나 부르지."

"그럼 또?"

"네. 오차 없이 1㎜ 아시죠?"

"크흑. 알았네."

"그럼 들어갑니다."

진 소장은 아침부터 기분이 좋았다.

외주업체 작업반장들을 모두 소장실로 호출했다.

"어제 석공 팀이 빠지는 바람에 좀 현장에 소란이 있을 겁니다. 며칠 안 가서 상황이 정리될 테니까, 조금만 양해해 주십시오. 허허허."

그들이 타박을 한다고 해도, 그 정도는 들어줄 의향이 있었다.

'이 보 전진을 위한 일 보 후퇴가 될 테니까.'

"김 과장! 나가서 문 차장이랑 김성훈이 그 새끼도 들어오라고 해!"

"그런데 성훈이는 왜 부르십니까?"

"그 새끼가 무슨 짓을 했는지, 지 눈깔로 봐야 앞으로 조심할 거 아니야? 안 그래?"

김 과장이 작업반장들을 슬쩍 둘러보며, 입술을 삐죽거렸다.

김 과장이 나간 사이, 소장이 회의를 진행했다.

"현장에 문제가 있으면 안 되는데, 상황이 이리되었으니 어떡합니까? 미안합니다. 허허허."

소장이 냉커피를 들이켜며 말을 이었다.

"담당자 불렀으니까, 그때까지 냉커피나 마시면서 이야기나 합니다."

잠시 후, 성훈과 문 차장이 소장실로 들어왔다.

소장이 회의를 주관했다.

"자. 그럼. 어느 공종에서 작업에 지장이 있는지 말씀하세요."

'흠. 오랜만에 회의 진행을 하자니, 좀 어색하군.'

작업반장들은 소장과 성훈의 눈치만 볼 뿐, 아무도 말이 없었다.

소장이 너털웃음을 터뜨리며 말했다.

"어색해하지 마시고. 문제가 있으면 속 시원히 터놓고 말을 해야 할 것 아닙니까?"

작업반장 하나가 입을 열었다.

"소장님. 외람되지만, 무슨 말씀을 하시는지 모르겠습니다."

"석공 팀이 **빠졌으니까**, 일에 지장이 생겼을 거 아닙니까? 다들 아시다시피, 어제 여기 우리 수습 기사하고 석공 팀이 한바탕하고 철수를 했습니다. 다들 알고 계시죠?"

"그거야 모르는 사람이 없지요."

"그래서 하는 말입니다. 현장 기사 감싸주려고 하시는 건 알겠는데, 제 앞에서는 안 그러셔도 됩니다. 현장의 문제가 뭔지 제가 정확히 알아야, 저도 뭔가 조치를 취할 것 아닙니까?"

천장 몰딩팀의 박 반장이 말했다.

"소장님. 현장에는 아무 문제 없습니다."

"뭐요?"

"김성훈 기사가 어디서 구했는지, S급으로 데리고 왔던데요?"

"엉? 진짜요?"

'사람 구할 곳이 없었을 텐데?'

박 반장이 웃으면서 말했다.

"저번에 있던 돌쟁이들하고는 비교도 안 되던데요? 얼마나 정확히 작업했는지, 우리도 두 번 손 가는 것 없이 한 번에 작업 끝냈습니다."

말을 하며 입가에 걸리는 웃음이 농담은 아닌 듯했다.

반대로 소장의 미간에 주름이 생겼다.

'이건 예상한 시나리오가 아닌데?'

"그래요?"

현장에서 난리가 나야, 저 싸가지없는 놈을 작살 낼 수가 있는데?

그 마음을 아는지 모르는지, 박 반장이 칭찬을 늘어놓았다.

"물어보니까, 대한민국 탑이더라고요. 아시죠? 소장님도. 일미리스톤이라고. 유명합니다. 우리나라 최고죠!"

"그렇습니까?"

소장은 떨떠름한 표정이었지만, 박 반장은 엄지를 세우며 칭찬했다.

"오차가 없어요. 오차가! 오죽하면 이틀 걸려도 안 끝날 작업이 반나절에 끝났습니다."

다른 반장도 그 말에 호응했다.

"그렇지? 박 반장. 나도 가서 봤는데, 흠잡을 곳이 없을 정도로 완벽하대. 야! 괜히 우리나라 탑이라고 하는 게 아니더라."

"그러니까, 사우디에서도 모시고 가고 그러는 거지. 나는 그렇게 하라면 엄두도 안 나겠던데."

소장의 미간 주름이 더욱 깊어졌다.

'이건 뭐지?'

박 반장이 물었다.

"성훈 기사. 그런 사람을 어떻게 불렀어? 나도 좀 소개시켜 주면 안 될까?"

작업반장들이 한마디씩 거들며, 서로 성훈에게 차기석을 소개해 달라고 했다.

화기애애한 분위기.

"소장님. 부르신 연유가 뭡니까?"

내 물음에 소장이 버럭 고함을 질렀다.

"너. 이 새끼야. 누구 마음대로 사람들 들이고 지랄이야? 네가 소장이야?"

'꼬투리를 잡았다, 그거냐?'

내 대답도 당연히 좋을 수가 없었다.

"소장님께서 알아서 사람 부르라고 하셨다면서요?"

"누가 그래?"

"김 과장님이요."

김 과장이 잽싸게 끼어들었다.

"맞습니다. 어제 소장님께서 분명히 그렇게 말씀하셨습니다. 능력이 된다면."

"그래도 새끼야. 새로운 사람이 들어왔으면 인사는 시키고 일을 해야 할 것 아니야? 넌 기본도 몰라?"

'별 걸로 다 시비네.'

그의 말에 따지듯 대답했다.

"당장 일이 막혀서 공정이 밀리게 생겼는데, 소장님 출근 하도록 손 놓고 있으란 말입니까? 그럼 여기 계신 분들 손해가 얼만지는 생각 안 하십니까?"

반장들이 고개를 주억이며 수군거렸다.

"그건 성훈 기사 말이 맞지. 어제 그대로였으면, 오늘 작업자들은 놀린다고 봐야지."

"우리도 사실은 오늘 안 들어오려고 했는데, 성훈 기사가 무조건 맞춰놓는다고 사람들이라고 해서 들어온 거 아닙니까?"

"반신반의했지. 이렇게 깔끔하게 해 놨을지 누가 알았겠어."

자기들끼리 수군거리지만, 이런 좁은 곳에서 못들을 소리가 뭐가 있을까?

소장의 목소리가 한층 높아졌다.

"이 새끼가 어디서 따지고 들어? 넌 위아래도 몰라?"

이거 계속해야 되나?

'아! 진짜. 짜증 나네. 언제까지 이런 말을 들어야 하는 거지?'

현장의 생리를 정확히 익히기 위해서 이 고생을 사서 하는 중인데, 일과 상관없는 비리의 역학 관계만 보인다면, 이건 시간 낭비였다.

'일하려고 왔지, 당신 비위 맞추려고 온 줄 알아?'

휴대폰의 'Send' 버튼을 눌렀다.

문 차장이 내 눈치를 보더니, 속삭이듯 물었다.

"곽 이사?"

말없이 고개를 끄덕였다.

문 차장이 작은 소리로 말했다.

"콜 안 혀도 알아서 올 텐디?"

하지만 너무 화가 나서 그 말이 들리지 않았다.

-성훈 군? 지금 거의…….

수화기에 대고 으르렁거렸다.

"이사님. 현장 정말 이따위로 하실 겁니까?"

-저기……. 성훈 군.

"자꾸 이렇게 실망시키시면, 저 현장 뒤집습니다. 완전히!"

-큭. 미안하네만, 앞에 진 소장 있으면 좀 바꿔 주겠나?

내키지는 않았지만 전화기를 내밀었다.

"전화 받으시죠?"

"이 새끼가 어디서 받으라 마라야! 내가 니 쫄따구야? 새 끼야!"

수화기에서 노한 목소리가 터져 나왔다.

-진 소장. 이 새끼야. 닥치지 못해?

어찌나 소리가 컸던지, 사무실에 있는 사람이 다 들을 정 도였다.

누가 들어도 곽 이사 목소리였다.

그 말이 끝나기도 전에, 곽 이사가 문을 박차고 들어왔다.

쾅.

소장이 자리에서 벌떡 일어났다.

"곽 이사님. 여기는 어쩐……."

들어옴과 동시에 소장을 향해 달려들었다.

날아 차기로.

어젯밤.

울산의 일정을 마치고 서울로 올라가는 길에 곽 이사는 뜬금없는 항의 전화를 받았다.

사우디아라비아 현장의 황 이사였다.

"웬일인가? 사우디 현장은 잘 돼……."

인사를 끝맺기도 전에 황 이사의 짜증을 들었다.

—곽 이사. 자네가 나한테 이럴 수 있나?

뜬금없이 이게 무슨 소리야?

"그럴 수 있냐니? 뭐가?"

—우리 현장에서 일 잘하는 사람, 한마디 상의도 없이 빼갈 수 있나? 그 말이지. 너무 하는군. 이 현장도 바빠 죽겠는데.

"오밤중에 무슨 소리야? 진정하고, 차분하게 말을 해 봐."

영문을 모르는 곽 이사는 가슴이 답답했다.

'뭔 사우디에 일만 있으면, 나냐?'

황 이사가 낮에 벌어진 일에 대해 말했다.

―알리 왕자가 차 사장을 한국으로 돌려보냈다는데, 우리 회사에서 알리 왕자한테 다이렉트로 통할 사람이 자네밖에 더 있냐? 안 그래?

중동통으로 통하는 곽 이사이니, 충분히 오해를 살 만했다.

그리고 그 일의 원인 제공자가 누구인지, 곽 이사는 금세 알아챘다.

'성훈이 불렀군.'

그가 아는 정보로는 성훈과 차 사장이 모종의 관계가 있었고, 차 사장을 알리 왕자와 연결시켜 준 것으로 알고 있었다. 다만 일부의 사람만 아는 것일 뿐, 황 이사가 알 리는 없었다.

'결국 현장의 석공 팀을 쫓아버린 모양이군. 하여간 그냥 넘어가는 법이 없어.'

황 이사가 싹싹 빌며 부탁을 했다.

―여기 현장 차 사장 빠지면 될 일도 안 된다고. 대가리가 빠졌는데, 무슨 일이 되겠어? 안 그래? 잘 좀 설득해서 돌려보내 줘.

곽 이사가 말했다.

"최선을 다해 보겠네. 고생하게나."

'그렇다면 벌써 시작된 건가? 잘하면 진 소장, 그놈을 쫓아낼 구실이 생기겠는걸.'

전화를 끊자마자 문 차장에게 전화를 돌렸다.

"문 차장. 일미리스톤 사장, 그 현장에 들어갔다면서?"

촐싹거리는 목소리가 들려왔다.

―워매. 이사님. 소식도 빠르시고만요. 어뜨께 아셨대요? 지도 방금 야그를 들었는디. 올 성훈이 알아줘야 한당께요. 나가 아무리 불러도 콧방귀도 안 뀌더니.

'성훈이라고 하는 거 보니까, 옆에는 없는 모양이군. 그게 편하지.'

성훈이 옆에 있을 때의 문 차장은 눈치를 보느라 할 말을 다 못하는 타입이었다.

"흐흐. 그것 때문에 사우디 현장에서 난리도 아니라네. 거기 상황은 어떤가?"

―소장이 성훈이 잡을라고 사람들을 내보냈는디, 떡하니 다른 사람으로 채워 놨응께, 소장이 그냥 넘어가겠슈? 인자 한판 붙는 일만 남았지라.

'붙는다고? 성훈이랑? 미친놈. 상대를 제대로 봤어야지. 액면 그대로 봤다가는 큰코다치지.'

곽 이사 생각에는 승부는 이미 났다.

"하하. 그럼 내가 손 볼 일도 없겠구먼."

문 차장의 목소리가 뚱했다.

―참말로 고로코롬 생각하신다요?

뭔가 맘에 안 든다는 말투.

이상한 위기감이 뇌리를 스쳤다.

"그게 무슨 말인가? 좀 더 자세하게 말해보게."

―성훈이 그 잡것이 보통 승질이 아닌 건 아시쥬?

"그야 당연히……."

알리 저택에서 있었던 일이 뇌리를 스치고 지나갔다.

지나간 일이라 할지라도, 그 일에 대해 성훈이 알리 왕자에게 입만 뻥긋하면?

성훈의 말이라면 팥으로 메주를 쓴다고 해도 믿는 알리 왕자였다. 압둘은 또 어떻고.

'휴!'

에어컨이 빵빵한 차 안임에도 가슴이 답답했다.

차창을 열고 바람을 맞았다.

문 차장은 누가 들을세라, 입을 가리고 말하는 듯했다.

―혹시 성훈이가 곤조 부리면 워떠케 되는지는 아시나 여쭤보는 거구만유.

"알지."

'그건 내가 자네보다 더 뼈저리게 알고 있다네.'

―그라믄 성훈이가 현장 뒤집어엎기 전에 총알맹키로 내려와서 현장 정리 하셔야쥬. 손 놓으실 것이 아니라.

"아차. 그렇군. 내가 생각이 짧았네. 고마우이."

―지도 성훈이가 직접 날뛰면 감당이 안 되니께. 지가 드릴 말씀은 그것뿐이구만유.

"알겠네. 내일 새벽같이 출발하도록 하지."

―최대한 빨랑 내려오셔유. 현장 아작 난 다음에 나타나

봐야 헛발질잉게.

문 차장의 충고대로 현장에 도착했고, 성훈이 발작하기 직전에 소장에게 날아 차기를 시전할 수 있었다.

'휴! 정말 간발의 차이였어!'

퍽. 퍽. 퍽.

그래도 이놈도 명색이 소장인데, 이 정도면 충분히 체면을 구겼겠지.

"어험."

헛기침을 하며, 뒤로 돌아섰다.

문 차장의 얼굴이 눈에 들어왔다.

성훈의 뒤에서 힐끔힐끔 눈치를 준다.

'성훈이 얼굴 보쇼잉? 풀렸는지?'

성훈은 팔짱을 낀 채, 상황을 지켜보는데 전혀 기분이 풀린 것 같지 않았다.

'아직 안 풀렸을까?'

문 차장이 피식 웃으며, 어깨를 으쓱거린다.

'하이구. 택도 없당께요! 이사님이 대신 맞을 거여유?'

'어떡하면 되지?'

문 차장에게 눈으로 물었다.

'뭘 물어본다요? 더 밟아 버려야제. 마음이 풀릴 때꺼정.'

문 차장은 입술로 성훈을 가리키며, 행동을 종용했다.

'그래. 겨우 이 정도로 면피가 될 리가 없지.'

고민의 시간을 짧았다.

둘이 눈빛을 주고받은 시간은 겨우 일 초.

곽 이사는 너무나 자연스럽게 다시 돌아서서 진 소장에게 발길질을 해댔다.

원래 그러려고 했던 것처럼.

진 소장에게는 눈곱만큼 미안한 마음이 들었지만, 내가 살아야 남도 보이는 것 아니겠는가?

'그리고 넌 지은 죄가 너무 커!'

다분히 감정이 실린 발길질이 계속되었다. 작업반장들도 얼어붙어서 말릴 엄두를 못 냈다. 공포의 분위기가 소장실을 장악했다. 누가 말릴 줄 알았는데, 아무도 말리지 않는다.

'에라. 모르겠다. 힘닿는 데까지 밟아보자.'

"휴!"

이마에 땀을 닦으며, 곽 이사가 돌아섰다.

꿀꺽. 꿀꺽.

소장 자리에 있던 냉커피를 벌컥벌컥 마셨다.

그리고 소장 자리에 털썩 주저앉았다.

아까 찰나의 순간, 문 차장과 곽 이사 간에 눈빛이 오가는 것을 봤다.

'연기들을 잘하시네.'

하지만 곽 이사의 발길질에는 진심 어린 짜증과 분노가 섞여 있었다. 그 증거로 소장은 아직도 구석에 웅크린 채, 일어서지도 못하고 있었다.

문 차장이 나서며 인사를 했다.

"아따! 이사님. 바쁘실 텐디, 어쩐 일로다가."

문 차장은 곽 이사가 온다는 사실을 전혀 몰랐다는 것처럼, 능청을 떨고 있었다.

"흠흠. 어제 통화를 하고 보니, 내가 너무 이 현장에 신경을 안 썼다는 생각이 들어서 말이야. 다른 사람 현장도 아니고, 성훈 군의 현장인데 말이지. 내가 너무 무심했네."

문 차장이 나서며 분위기를 부드럽게 만들었다.

"이렇게라도 관심을 가져 주시니께, 우리야 감사할 뿐입죠. 안 그랴? 성훈 씨."

내게도 동의를 구하는 것으로 보아, 이 정도에서 이 건은 마무리 짓자는 것으로 보였다.

'하긴 더 일을 키울 이유는 없지.'

저렇게 솔선수범하는데. 성의를 봐서라도.

문 차장의 말에 고개를 끄덕였다.

곽 이사가 안도의 한숨을 내쉬며 물었다.

"성훈 군. 어떻게 했으면 좋겠나?"

"그걸 왜 저한테 물으십니까? 현재건설에서 알아서 할 일이 아닙니까?"

"자네가 원하는 대로 해주겠네. 어차피 자네 현장 아닌가?"

최대한 내 편의를 봐 주겠다는 말인가?

'그렇다면 나야 좋지.'

곽 이사의 말이 이어졌다.

"자네 맘에 안 들면, 어차피 또 뒤집을 거잖아. 안 그런가?"

그 말에는 차마 아니라고 부정할 수 없었다.

"성훈 군. 그러니까 여기서 같이 정리해 보자고. 이리 와서 앉게. 문 차장, 김 과장도 얼른 오고."

내가 회의 탁자로 다가서자, 작업반장들이 슬금슬금 옆으로 비켜섰다.

그들에게 물었다.

"반장님들? 현장에 문제가 있습니까?"

"아녀. 아녀. 아까도 말했지만, 아무 문제 없어."

"분명히 문제없다고 하셨습니다. 오늘 공정대로 일정 못 맞추는 일은 없겠죠?"

"그럼. 그럼."

"무조건 맞춰 놓으시고. 나가서들 일 보세요."

"응. 알았어. 나가세나. 얼른."

반장들이 서둘러 자리를 떠났다.

"성훈이 저 친구는 뭐 하는 사람이래?"

"모르지."

"그런데 이사라는 분은 또 왜 저리 저자세여?"

"모르긴 몰라도, 평범한 사람은 아닌가 봐. 어제도 봤지. 든든한 빽이 없으면 저렇게 못 한다니까. 분명히 뭔가 있어?"

"아따. 실없는 친구. 그런 소리는 나도 하겠다. 믿을 만한 근거를 대야지."

"쯧쯧. 빨리 일이나 하러 가세. 성훈이 저 친구 엄포 놓는 거 보니까. 대충 안 넘어갈 거 같구먼. 쫓겨나고 싶어?"

"그나저나 돌 반장은 어떡한대? 사흘 뒤에 들어온다고 큰소리치고 나갔는데, 영영 못 들어오게 생겼네. 다른 자리 찾기도 쉽지 않을 텐데."

"그랴. 그 솜씨 가지고는 제대로 대우도 못 받을 텐데. 수정하랄 때, 조용히 하지. 쓸데없는 고집을 부려가지고. 쯧쯧."

소장도 곽 이사의 옆에 자리를 했다.

헝클어진 머리를 정리한다고 했지만, 몰골이 말이 아니었다.

문 차장이 말을 꺼냈다.

"함바 사장은 무조건 잘라야 되는 구만요."

"뜬금없이 함바 사장은 왜?"

곽 이사가 의문을 표했다.

하지만 문 차장의 말에 동의하듯 김 과장도 고개를 끄덕거렸다. 그 호응에 힘을 얻은 문 차장이 말을 이었다.

"현장 기사들을 자기 쫄다구처럼 여긴당께요. 안 그라요? 성훈 씨?"

"그 사람이 좀 거만하긴 했죠."

문 차장의 적극적인 권유로 소장의 형, 함바 사장은 일 순위 퇴출 대상이 되었다.

"끙."

소장이 인상을 썼지만, 아무도 신경 쓰지 않았다.

당장 자기 자리를 걱정해야 할 소장이라, 있으나 없으나 매한가지였다.

관련 당사자이니, 자리를 준 것일 뿐.

또한 처분이 결정되면, 외주업체 사장인 제 형제들에게 회의 결과를 전달해야 할 것이 아닌가?

성훈이 물었다.

"그럼 대체할 사람이라도 있습니까?"

"헤헤. 나가 아는 요리 잘하는 사람이 있는디?"

"누군데요."

"쪼까 나가 아는 사람이라서 거시기헌디…….”

어차피 결국은 말을 할 거면서 저렇게 끈다니까.

"빨리 말씀 안 하시면 다른 사람 추천받습니다.”

"성훈 씨도 얼굴 몇 번 봤을 것인디? 저그 전하동서 호프
집 하던 그 양반.”

아마도 성훈과 처음 만났을 때, 그 호프집 여사장을 말하
는 모양이었다.

인상도 좋았었고, 실제로 음식 솜씨도 꽤나 있었던 것으로
기억한다.

"나랑 동향인디, 음식 솜씨가 좋구만이라. 마음씨도 곱고.”

"네. 누군지 저도 알아요.”

"역시 기억하는구만이라. 건물주가 보증금을 올려 달라
그래서, 쫓겨나서 놀고 있당게. 욕심 없는 사람잉게. 잘할 것
이여.”

곽 이사를 슬쩍 바라보자, 알아서 하라는 눈치였다.

"알았어요. 그럼 그분으로 하세요. 처음에는 직영으로 하
고, 맡겨도 되겠다는 확신이 들면 그때부터는 맡기든지 하세
요. 대신 말 나오게 하시면 안 됩니다.”

수백 명 작업자의 밥을 책임지는 식당이다. 허투루 할 수
는 없는 일이었다.

곽 이사가 물었다.

"다른 외주업체는 어떻게 했으면 좋겠나?”

"작업반장들 선에서 해결 안 되니까. 외주 사장들 전부 호출하세요."

"그래서?"

"잘할 것 같으면, 굳이 바꿀 필요 없고, 안 되면 전부 갈아야죠."

"갈았을 때, 대책은?"

"제가 세워야 하는 겁니까? 그것도?"

"아니. 아니. 내가 알아서 하겠네. 신경 쓰지 말게."

곽 이사에게 물었다.

"진 소장은 계속 여기 두실 겁니까?"

"아니. 그럴 수야 없지. 그런데 고민일세."

"뭐가요?"

"한국에는 마땅한 현장도 없고, 그렇다고 오래 데리고 있던 놈인데……."

나랑 싸운 게, 큰 죄는 아니지 않던가?

이런 일로 그의 평생직장이 박살 나서는 내 꿈자리가 시끄럽다. 다른 소장이라고 해서, 이런 짓을 안 하는 것도 아니고, 현장 소장과 외주업체와의 커넥션은 한국에서 관례처럼 행해지는 일이었다.

진 소장 입장에선 단지 재수가 없었던 거지. 쥐를 잡아도 도망갈 구멍은 주고 몰아세우라고 하지 않던가?

"한국에 자리 없으면 거기로 보내세요."

곽 이사가 반색하며 물었다.

"어디?"

"최 이사님 가 계신 곳이요."

"아! 거기?"

곽 이사가 말했다.

"성훈 군. 소장하고 잠시 얘기를 했으면 하는데, 자리 좀 비켜주면 안 될까?"

자리에서 일어났다.

"뒤집어 놓으려다가 참은 겁니다. 아시죠?"

"알지. 그럼! 참아줘서 고맙네."

"저 현장 나가 있을 테니까, 사장들 오면 부르세요."

닫힌 문틈으로 소장의 곡소리가 들려왔다.

쾅당탕.

"이 등신 같은 놈아. 내가 분명히 말했지!"

큭.

"아무것도 하지 말라고! 제발 소장 자리에 엉덩이만 붙이고 있으라고."

크헉.

"왜 망할 놈의 자식이 말을 안 들어? 엉?"

"이사님. 한 번만 용서를……."

"용서 같은 소리가 그 주둥이에서 나오냐?"

크헉.

"너 최 이사한테 가 있어라."

"최 이사님은……. 엉? 알래스카 말씀이십니까? 이사님. 제발 거기만은."

"한 몇 년 자숙하고 있으면 부를 테니까, 거기서 반성하고 있어."

"왜 싫어? 그럼 사표 쓰던가?"

그날 바로 외주업체 사장들이 몽땅 소환되었고, 내가 원하는 대로 교체되는 데는 한 시간도 채 걸리지 않았다.

김포공항.

김 비서가 사장을 맞이했다.

"먼 길 다녀오시느라 수고 많으셨습니다."

"뭐. 휴가 다녀오는데, 수고는 무슨. 자네는 잘 다녀왔어?"

"네. 덕분에 편히 쉬다 왔습니다."

서울로 향하는 차 안에서 사장이 물었다.

"요즘 곽 이사, 일 처리가 화끈하던데."

김 비서가 그 말에 호응했다.

"그러게 말입니다. 그렇게 일사천리로 현장을 정리할 줄 누가 알았겠습니까?"

"그리고 진 부장, 알래스카로 보낸다던데, 어떻게 됐어?"

"황 전무가 바로 처리했습니다."

"음. 그랬군. 서 전무는 뭐라던가?"

"할 일도 없는데, 군식구만 자꾸 늘어난다고 불평하고 있습니다."

"그래? 한국으로 오고 싶다는 말은 없고?"

"왜 안 그랬겠습니까? 최 이사한테 인수인계한 지가 언젠데 아직도 안 부르냐고 저한테 한소리 했지 말입니다."

"그래. 이제 돌아올 때도 됐지."

"네. 적절하신 판단이십니다. 이제는 돌아와도 황 전무와 적절하게 균형이 이뤄질 겁니다."

황 전무가 이 대화를 들었다면, 무슨 수를 쓰든 반대를 했겠지만, 그게 무슨 소용이 있으랴?

전무나 이사나 졸이기는 매한가지.

사장이 고개를 끄덕이며 물었다.

"한국에서 뭐할 건지 계획은 세워놨대?"

김 비서의 얼굴에 웃음이 어렸다.

"네. 확실히 세워놨더군요."

"호오. 그래 뭔가?"

"안전모를…….."

"엥? 안전모?"

"네. 갈아 마셔버리겠답니다."

"큭큭큭. 그래? 그 친구는 그럴 만하지."

사장이 고개를 끄덕였다.

잠시 사장의 뇌리에서 잊히기는 했지만, 서 전무는 사장을 위해 몸으로 충성한 일등공신, 지금은 알래스카 지사의 최선임자였다.

그리고 안전모 사태의 첫 번째 희생자였다.

"원하시는 시기에 적절한 사건이 터졌었지요."

"그렇지. 기가 막힌 타이밍이었지."

"덕분에 황 전무만 단물을 빨았지요."

"이제 충분히 빨았으니, 긴장 좀 해야지."

창밖을 바라보며, 지나가듯 물었다.

"둘이 붙으면 어떻게 될 것 같아?"

"서 전무가 오기 전까지 황 전무도 최대한 만반의 준비를 하겠지요."

그 말을 들으며, 사장의 얼굴에 웃음이 고였다.

"저렇게 위치를 잡았는데, 과연 서 전무가 힘을 쓸 수 있을까?"

"미래야 확신할 수 없지만, 황 전무도 조심해야 할 겁니다."

"근거는?"

"서 전무가 알래스카에서 뭘 했겠습니까?"

"흐흐. 그렇군. 일 년 내내 이빨만 갈았겠지."

사장의 눈에 담긴 의미는 명백한 웃음이었다.

"선의의 경쟁이 되었으면 좋겠구먼."

김 비서가 고개를 끄덕이며 말을 이었다.

"조만간 스타타워 현장에 방문을 하셔야 할 것 같습니다."

"왜?"

"왕 비서님께서 연락을 주셨습니다. 왕회장님께서 그곳을 주시하고 계시니, 관심을 좀 가지라고 말입니다."

"잘 되고 있지 않나?"

"아무리 매체에서 때리고 홍보를 한다고 해도, 직접 한 번 들르는 것보다는 그 효과가 덜하다고 하셨습니다."

"맞는 말씀이지."

"그리고 울산시 내부적으로 변화의 기미가 보인다고, 그 또한 주시하라고 말씀하셨습니다."

"그래?"

"네. 시장이 정책의 방향을 크게 바꾸고 있는 것으로 보입니다. 이 또한 우리 현장과 관계가 없지는 않을 것으로 보입니다."

"흠. 잘만 하면 더 큰 효과를 볼 수도 있다는 말로 들리는군. 좋아. 없는 시간이라도 만들어야지. 조만간 한번 들리자고."

"그리고 본가에 들르는 것도 함께 일정을 잡도록 하겠습니다."

"좋아. 그렇게 하도록."

차기석이 식사를 하다가 반갑게 인사를 건넸다.

그는 지난 현장에서 안면이 익힌 박 반장이었다.

"벌써 마루 시공 들어가나?"

"응? 차 사장 아냐? 우린 그제부터 시작했지. 그런데 사우디에 가 있던 사람이 여기는 웬일이야?"

차기석이 반갑게 웃으며 대꾸했다.

"일이 있으니까 왔지."

"에이. 자네한테 일 좀 해달라고 건설사들이 줄 서 있는 거, 모르는 사람이 어디 있어? 사우디에서 구슬땀을 흘리고 있어야 할 사람이 여기 있으니까 묻는 말이지."

"에혜. 일하라고 부르는데 안 올 수가 있나?"

"어허이. 이 사람 말하는 거 보소."

박 반장이 너스레를 떨며 말을 이었다.

"자네가 부른다고 올 사람이야? 삼송에서 호텔 짓는다고, 단가 세 배로 불렀는데도 캔슬 놓고 사우디로 갔었잖아. 알 만한 사람은 다 알아. 사실대로 말해 봐? 자네가 누구 땜빵이나 할 사람은 아니잖아. 안 그래?"

박 반장은 차기석이 여기 있는 이유가 상당히 궁금한 모양이었다. 이 현장에서 삼송이나 사우디처럼 그런 높은 단가를 줄 리가 없으니, 어쩌면 당연한 질문이리라.

선금을 내어놓고 일해 주기를 기다려야 하는 것.

그것이 한국에서의 차기석의 위상이었다.

차기석이 겸연쩍게 웃으며 말했다.

"사실은 성훈 기사가 불러서 왔어."

"누구? 그 깐깐돌이라는 그 친구?"

박 반장도 성훈을 알고 있는 모양이었다.

차기석이 고개를 끄덕였다.

"에이! 말도 안 되는 소리 하지 말고, 사실대로 말해 봐."

"진짜야."

"어허. 말이 돼? 다른 사람도 아니고, 일미리스톤 사장이 말이야."

차기석은 현장 일을 하는 사람들에게는 전설적인 인물이었다.

단 일 년도 안 되는 시간에 300명의 직원을 거느린 사장이 된 것은 물론이고, 사우디에서는 일반 단가의 4배를 받으며 일하고 있었다.

그러니 삼송의 제의를 거부한 것도 당연한 일이었다.

다만 그 성공 전설의 첫 단추를 끼워준 사람이 성훈이라는 것은 아무도 모르지만 말이다.

식사시간이 끝났다.

이제는 다시 일해야 할 시간이었다.

'후속 공정에 밀리면 잔소리를 해댈 테니, 쉴 수가 있나?

하하.'

그가 안전모를 들고 자리에서 일어났다.

"믿고 안 믿고는 자네 마음이고. 하여간 이거 하나만 알아둬."

"뭘 말인가?"

"자네 마루 쪽에서도 성훈이한테 밉보이지 말라고. 바로 쫓겨날 테니까."

"오호? 무서운데? 그건 또 왜?"

박 반장은 장난스럽게 웃었다.

"'무결점 마루' 윤 사장 알지?"

"알지. 그 사람이야. 우리 마루 시공업계에서는 첫손에 꼽아주는 사람이잖아."

차기석이 석공사의 탑이라면, 윤 반장은 마루업계의 탑이었다.

"그 친구도 지금 나랑 사우디에 같이 있어."

"그랬구나. 어쩐지 한국에서 안 보인다 했다."

박 반장이 부러운 눈초리로 말했다.

"윤 반장도 성훈이가 부르면 열 일 제쳐놓고 올걸?"

"에이. 거짓말이지? 그 친구가 자존심이 얼마나 강한데?"

그 말에 차기석이 고개를 갸웃했다.

'나는? 이 사람아!'

과연 윤 반장이 성훈이 부르면 안 올까?

'에이. 설마!'

실소를 머금으며, 고개를 절레절레 흔들었다.

어제 낮에 리무진 한번 타보고 싶다고 자신도 꼭 부르라던 윤 반장의 얼굴이 떠올랐기 때문이다.

차기석이 물었다.

"내 말이 진짜인지, 확인하고 싶어?"

"방법은 있구?"

"그럼. 있지."

"뭔데?"

"자네들도 이전 돌쟁이들처럼 성훈 기사한테 땡깡 한 번 부려봐."

'그럼 어떻게 되는데?'

박 반장이 눈으로 물었다.

"내일 아침에 윤 반장이 자네들 빈자리를 채우고 있을 거야. 내 장담하지."

"에이. 설마?"

믿을 수 없다는 표정에 손을 흔들며 돌아섰다.

"나 농담 안 하는 거 알지? 해 봐. 윤 반장도 오고 싶어 하던데."

현장은 뜨겁다.

한여름의 더위 따위는 저리 가라 할 정도로 불타는 일꾼들의 열정이 있기에, 현장은 뜨겁다.

건장한 사내들이 더위에 쓰러지는 곳.

가정을 책임지는 사내로써 최선을 다하는 곳.

그곳이 현장이다.

현장은 정직하다. 땀 흘린 만큼 작품이 완성되는 곳. 그러나 잠시만 방심하면 생명의 위협을 받는 곳. 인간의 욕망과 열정이 모인 곳이 바로 현장이다. 미사여구를 많이 늘어놓았지만, 이맘때의 현장은 화약고와 같다.

"와우. 덥다. 완전 땡볕이네."

아무리 더워도 현장에서는 반팔과 반바지, 슬리퍼를 걸칠 수 없다.

'오늘처럼 불쾌지수가 높은 날, 싸움이라도 나면 크게 나겠는데. 그늘에서 좀 쉬어가면서 하라고 해야겠네.'

열심히 살기 위해서 일을 하러 왔는데, 몸이 상해서야, 그보다 억울한 일이 어디 있으랴? 오늘 같은 날은 평소라면 아무것도 아닐 일도 커지기 마련이다.

내 팔에 들러붙은 땀이 나를 짜증 나게 하기 때문이다.

여름은 가장 일하기 좋은 계절이지만, 가장 일하기 싫은 시기이기도 하다.

현장을 돌아보며, 외치고 다녔다.

"박 반장님. 쉬었다 하세요."

"어쩐 일이래? 맨날 빨리하라고 난리를 쳐대더니."

평소와 다른 나의 모습에 마루 박 반장도 농담으로 응수했다.

"알약 드셨죠? 다들?"

여기서 알약이란 정제 소금을 말한다.

더운 여름, 덥다고 물만 들이켜다가는 신진대사가 불균형을 이루어 탈진으로 쓰러지는 경우가 다반사였다.

"그래. 먹었어. 성훈 기사도 좀 쉬면서 다녀? 보는 내가 다 짠하네."

비 온 뒤 땅 굳는다고, 이제 현장과의 친밀도가 대화에서 드러났다.

현장을 돌아보다가 마뜩잖은 느낌이 들었다.

'다 잘 되어 있는데, 이상하네.'

두 번째 삶에서 돌아오기 전의 현장과 뭔가가 다른데, 당장은 그 차이를 알 수 없었다.

석조, 설비, 전기, 마루, 가구, 다 잘 되어 있는데?

마루의 시공 상태를 둘러보았다.

'생각보다는 잘하네.'

생각 같아서는 사우디의 윤 반장도 불러오고 싶었지만, 시공단가를 4배나 지불할 능력이 없기에 참을 수밖에 없었다.

'거기도 알리 현장인데, 알리에게 민폐를 끼칠 수도 없고

말이야.'

차 사장은 왜 불렀냐고?

'오겠다고 하니까, 부른 거지. 오기 싫다면 안 불렀어. 차 반장 말고도 사람은 많다고.'

차 반장 입장에서도 신세 한 번 졌으니, 갚겠다는 마음으로 온 것이리라.

'나중에 제대로 단가를 책정하고 불러서 쓸 날이 오겠지.'

지금은 임시로 만족해야 했다.

실력이 있으면 실력 대접을 해주는 것이 당연하지 않은가?

하지만 마루를 보면서도 마음 한구석에서는 뭔가 찜찜한 생각이 들었다.

'뭐가 문제지?'

내가 기억하는 미래의 공사 현장은 지금보다 훨씬 더 깔끔했다. 지금의 내 현장도 마찬가지다.

청소도 완벽하고, 아무 곳에서나 함부로 흡연을 하는 사람도 없었다.

'한 번의 경고 후, 시행되지 않으면 퇴출.'

이 안건에 대해서는 좀 독하게 시행을 했었다.

현장의 청결을 해치고, 분란을 일으키는 원인이었다.

"흠. 뭔가 놓치고 있는 것이 있는데."

잠시 후, 그 이유를 알 수 있었다.

깔끔한 마룻바닥에 찍힌 누군가의 워커 자국.

나도 모르게 욕지거리가 튀어나왔다.

"감히 어떤 놈이?"

그러나 불평할 수는 없다.

내가 그렇게 만들었기 때문이다.

내가 아무 생각이 없었기 때문이다.

'아! 젠장, 보양이었어!'

그리고 그 발자국이 찍힌 곳을 따라갔다.

"야. 이 개새끼야. 너 때문에⋯⋯."

현장 한구석에서 고성이 들려왔다.

끈적끈적한 땀이 등으로 흘러내리고 있었다.

'내 이럴 줄 알았어.'

이런 무더운 날은 아무것도 아닐 수 있는 일도 큰일이 되어버린다.

그게 너무나 당연한 것처럼.

"무슨 일이세요?"

내 얼굴을 보자마자, 박 반장이 붉어진 얼굴로 하소연을 했다.

"김 기사. 이것 좀 보라고."

깔끔한 마룻바닥에 푹 파인 자국이 보인다.

그리고 군데군데 찍혀진 워커 자국,

그것뿐이면 다행이게, 모래 묻은 워커를 끌었는지, 마루에 스크래치가 장난이 아니었다.

"어제 시공한 마루가 엉망이 되었어."

박 반장이 전기 작업자에게 고함을 질렀다.

"이거 어떡할 거야. 어떻게 할 거냐고?"

그 작업자는 억울한 눈빛으로 내게 말했다.

"김 기사 내가 일부러 그랬겠냐고."

"알았다면 그랬을 리가 없죠."

"이거 너무 한 거 아니야? 일부러 그런 것도 아니고?"

그 사람에게 묻고 싶었다.

'당신, 정말 너무 한 거 아니냐고?'

휴! 왜 당신이 벌인 잠깐의 부주의 때문에 다른 사람이 손해를 봐야 하냐고?

휴!

아직 우리 현장은 개선되어야 할 것투성이였다.

둘을 데리고 현장 사무실로 갔다.

날씨가 더우면 안 날 짜증도 나는 법이니까.

박 반장이 냉수를 벌컥벌컥 들이켰다.

"와! 나 참. 일진이 더럽네. 당신, 이거 어떻게 할 거야?"

응당 자신의 실수에 책임을 져야 함이 마땅하다.

그 책임의 무게가 크게 느껴지는 만큼 중압감은 커지게 마련이다.

전기 작업자에게 물었다.

"앞으로 주의해 주십시오."

"네, 알겠습니다."

그의 말에서 진심이 느껴졌다.

그렇다고 박 반장의 분노가 사라진 것은 아니다.

박 반장에게 보수 작업이라는 현실이 눈앞에 있지 않던가?

"김 기사, 이걸 그냥 넘어가자고? 내가 무슨 잘못이 있어서. 내가 책임을 져야 돼?"

일을 저지른 작업자는 아무 말도 하지 못하고 고개를 푹 숙이고 있었다.

"박 반장님, 저랑 잠시 얘기 좀 하시죠."

그를 휴게실로 데리고 들어갔다.

"저분, 현장 나온 지 며칠 안 된 초보입니다. 그런 분한테 그 책임을 온전히 물리면 사람 하나 망가지는 거 시간문제입니다."

막말로 현장에서 일당벌이하는 사람이 무슨 돈이 그렇게 많아서 그 비용을 감당할 것인가?

"하지만 말일세."

박 반장으로서도 억울할 수밖에 없는 노릇.

그를 조용히 달랬다.

"순리대로 하자면, 박 반장님 말이 맞습니다."

"……."

내가 무슨 말을 할 것인지, 내 얼굴을 뚫어지게 바라보고 있었다.

"마루 시공자들은 다른 공종에 피해를 안 입힌다고 확신할 수 있습니까?"

역지사지를 말했다.

"그야……."

"그런 뜻하지 않은 사고가 났을 때, 그분의 인생도 망가져야 하는 겁니까?"

왜 고작 그런 걸로 인생이 망가지느냐고?

"하루 벌어 하루 먹고 사는 사람입니다. 몇 달 동안 수입이 없으면 사채라도 빌리겠죠."

"그건 너무……."

너무 과한 가정일까?

"전 전혀 과장된 말이라고 생각하지 않습니다. 소장님, 집 대출받아 사셨죠?"

거의 대부분의 사람이 그렇게 살아가니까.

박 반장은 고개를 끄덕였다.

"이자 상환 몇 달 밀리면 경매 들어가는 것 아시죠?"

"크흠, 그렇겠지."

그는 차마 내 말에 반대 의견을 내지 못했다.

"거기서부터 인생 망가지는 겁니다. 그러니까 일 크게 만들지 말자는 말이죠. 저분도 그렇고, 박 반장님도 집안의 가장 아닙니까?"

"그렇겠지. 하지만 말이야."

그가 걱정하는 것은 보수해야 하는 자재와 인건비일 것이다.

"시공하는 것보다 뜯는 게 더 힘들어."

"알죠. 제가 그걸 왜 모르겠습니까? 시간도 인력도 두 배나 들죠. 그리고 숙련공을 써야 하구요."

"그렇지."

몽땅 뜯어내는 것도 어려운 일이지만, 파손된 부분만을 구별하여 주변 마루가 상하지 않도록 뜯어내는 것도 상당히 손이 많이 가는 일이다. 또 많이 해본 사람만이 할 수 있는 일이었다.

박 반장, 그는 엄연한 피해자였다.

그에게 냉수를 권하며 말했다.

"박 반장님께 피해가 가지 않도록 할 테니까, 이 일은 여기서 끝내시는 게 어떨까 합니다."

내가 어떻게 할지는 알 수 없지만, 그는 마지못해 고개를 끄덕였다.

"뭐, 자네가 그렇게까지 말한다면야, 여기서 끝내겠네."

그가 자리에서 일어나 전기 작업자에게 갔다.

"미안해, 젊은 친구. 아까는 내가 너무 화가 나서 그랬어."

그는 고개를 숙인 채 힘없이 대꾸했다.

"뭐든 말씀하세요. 제가 할 수 있는 데까지 해볼게요."

박 반장이 그의 어깨를 툭 치면서 말했다.

"우리 파손된 거, 다 보수하려면 최소 천만 원은 있어야 할 건데? 돈 많아?"

"네?"

당연히 예상 못 한 금액이었을 것이다.

입을 떡 벌리고, 눈을 크게 떴다.

"그렇게나……."

현장 일을 해보지 않은 사람들은 대부분 이렇게 생각한다.

작은 부분이 파손되었다고 그게 무슨 그리 큰돈이 필요하냐고? 덤터기 씌우는 것 아냐? 라고.

"김 기사님, 마루판 가격 해봤자, 꼴랑……."

내게 동의를 구하는 작업자에게 말했다.

"얼마 안 하죠. 기껏해야, 나무 쪼가리가 얼마나 비싸겠어요?"

"그러니까……."

"뜯어내고 재시공하는 인건비를 생각해 보세요. 얼마나 들지."

현장 비용 중에서 가장 비싼 것은 단연코 인건비일 것이다.

사람들이 간과하고 넘어가는 것일 뿐.

그리고 그는 이제야 깨달은 것 같았다.

자신이 무슨 짓을 저질렀는지 말이다.

"전 어떡하면 좋습니까?"

"성훈 기사가 알아서 처리해 준다니까. 시키는 대로나 잘해."

"정말요?"

"대신 앞으로는 그러지 마세요. 그리고 그런 모습이 보이면 필히 주의시켜 주시고요."

"네, 알겠습니다. 그리고 죄송합니다."

연거푸 고개를 숙이더니, 마루 반장과 사무실을 나갔다.

문 차장이 물었다.

"저 친구야, 사정이 딱해서 이렇게 넘어갔다고 혀도 어떡할라고. 이렇게 넘긴디야?"

"그럼 제가 저 사람에게서 보수비를 몽땅 받아내야겠습니까?"

"그건 아니지만서두, 걱정이 되니께 하는 말이제."

축 처진 채 걸어가는 그의 뒷모습이 안쓰러웠다.

"그렇잖아도 힘든 세상, 실수 한 번으로 인생이 망가지면, 세상 살맛 나겠어요?"

"어이구, 성인군자 나셨구만 그랴? 인자 어떡할라고?"

"뭘 어떡해요? 수습을 해야죠."

문 차장이 힐끔거리며 묻는다.

"무슨 수루?"

"비용 댈 사람을 불러야죠. 각 업체 사장들 몽땅 소집하세요."

"그 사람들은 왜?"

"돈 있는 사람들이니까요. 그리고 그 사람들한테는 우리가 고객이잖아요."

문 차장이 투덜거렸다.

"뭔 생각이래? 도무지 알 수가 없구먼."

각 공종의 관계자와 작업반장들이 집합했다.

사장이 직접 온 곳도 있고, 그렇지 않은 곳도 있었지만 결론은 간단했다.

'내 현장 보양해야겠으니, 돈 내놔라!'

이거였으니까.

빈자의 빈 주머니를 터는 것은 양심에 찔리지만, 가진 자의 돈주머니는 먼지 나게 털 의향도 있었다.

업체 관계자들을 보며 말했다.

"보양을 하는 것이 지금 당장은 부담이 되실 수도 있겠지만, 일이 끝난 후에 하자 보수를 생각하면 훨씬 득이 될 겁니다."

누구도 선뜻 찬성을 표하지 않았다.

가욋돈 들어가는 일에 쉽사리 찬성을 바라지는 않았다. 내

각오를 덧붙였다.

"설령 반대가 있더라도 저는 꼭 해야겠습니다."

박 반장에게 분위기 띄우라고 눈치를 주려 하는데, 반대 의견이 먼저 나왔다.

"우리가 보양할 일이 뭐가 있습니까?"

몰딩 회사 사장이었다.

몰딩 반장이 그의 옆구리를 툭툭 찔렀음에도, 그는 할 말은 해야 하는 사람이었던 모양이다.

"반장, 그래도 할 말은 해야죠."

그에게 물었다.

"정말 그렇게 생각하십니까?"

"당연한 거 아닙니까? 천장 몰딩이 손을 탈 일도 없을 것이며, 파손의 위험도 별로 없는데, 우리가 보양을 한다는 건 웃기는 일이지."

"걸레받이는요?"

걸레받이도 몰딩 팀에서 시공을 하는 것이니 묻는 것이었다.

그 말에 그는 어이없다는 듯 웃었다.

"걸레받이가 흠집이 가면 얼마나 간다고."

"그래서 하자가 생기면 교체하는 게 이득이다? 교체하시겠다는 말씀이세요?"

내 말도 곱게 나올 수 없었다.

사장의 입장에서는 회사의 이익을 고수하겠다는 것이 어쩌면 당연한 일이리라.

"그러지. 교체하리다."

옆에서 듣고 있던 차기석이 점잖게 말했다.

"이봐요, 몰딩 사장님."

"왜요?"

"그냥 현장에서 좋게 요청하는데 합시다. 괜히 분란 만들지 말고."

"이게 말이 되는 겁니까? 우리는 필요하지도 않은데, 우리보고 비용 부담을 하라니. 우리는 그렇게 못합니다."

그의 반대 의견을 겸허히 받아들였다.

굳이 장황한 말로 그를 설득하고 싶지 않았다.

"네, 알겠습니다. 일단 반대하시는 분은 몰딩팀 말고는 없습니까?"

그 말에 몇몇이 쭈뼛쭈뼛 손을 들었다.

"우리도……."

창호 샤시팀과 몇몇 업체였다.

스스로 보양은 불필요하다고 생각하는 업체들.

'보양이 필요 없다는 건 당신들 생각이고.'

보양을 고려하지 않는 업체일수록 다른 공종에 스크래치 내는 것을 대수롭게 생각하지 않는다.

'당신들이 제일 큰 주범이라고.'

기다란 몰딩을 들고 다니며, 인식하지 못하는 사이에 벽지
며 가구, 마루에 스크래치를 내는 공종이었다.

자신들은 그런 꼴을 당할 일이 없으니까, 저런 소리를 내
뱉는 거지.

'당하는 마루, 가구 업체는 피눈물을 쏟는다고 알아? 당신
제품을 보호하기 위해서 이러는 것 같아? 당신들에게서 다
른 제품을 보호하기 위해서 이런 귀찮은 일을 감수하는 거
라고.'

냉랭하게 몰딩 사장에게 대꾸했다.

"그럼 그렇게 하세요."

그 몇몇 업체를 제외한 모든 공종에서 동의를 했고, 비용
을 각출하기로 했다.

"미안해, 김 기사. 그냥 우리끼리 처리할걸."

"아니에요. 언제 해도 했어야 하는 거예요. 걱정하지 마세요."

보양은 선택이 아니라, 필수다.

손바닥만 한 휴대폰도 액정이 긁힐까 봐 필름으로 보양을
한다.

그보다 수십, 수백 배나 비싼 집을 지으면서 보양을 하지
않을 이유가 어디 있나?

몰딩이든, 대리석이든, 마루든, 긁혀서 땜빵을 했다면 그 순간 중고품이 된다.

'할 거면 확실하게. 돈 쓸 곳에는 써야지.'

제 돈 한 푼을 아끼기 위해서 고객에게 중고를 팔겠다는 그런 심보는 절대로 허락할 수 없지.

"우리 쪽에서도 최대한 살릴 수 있는 건 살려서 비용을 최소화할 테니까, 너무 신경 쓰지 말아."

업체들에게서 돈을 뜯어내는 것은 반드시 마루 보수 비용 때문은 아니었다.

그건 핑계일 뿐, 주목적은 보양 작업을 진행하기 위함이었다.

업체는 공급처, 현장은 고객.

그것이 업체와 현장의 관계다.

왜? 내가 흠집 난 제품을 인도받아야 하는가?

왜? 나는 땜빵한 제품을 내 고객(입주자)에게 인도해 주고 욕을 먹어야 하는가?

"현장이란 상황에 따라서 보는 관점도 달라지죠."

"그게 무슨 말이야?"

"걱정하지 마시라고요. 마루 보양을 최우선적으로 하세요. 저기 보양지들 있으니까."

"알았어. 고생해, 김 기사."

자기 돈 몇 푼 아끼겠다. 이거지?

'현장은 귀에 걸면 귀걸이, 코에 걸면 코걸이지.'

제대로 기강이 잡힌 현장에서는 기사는 절대 갑이다.

'제대로 갑질을 해주지.'

회의를 마치고 나오면서 마루 반장이 말했다.

"차 사장, 내가 괜히 일을 키운 게 아닌가 걱정이 되네. 김 기사한테 부담만 주고 말이야."

차기석이 피식 웃었다.

"훗, 김 기사가 대충 넘어가는 것 같지?"

"그야⋯⋯. 할 필요가 없는 업체가 굳이 비용 부담을 할 필요는 없잖아."

"그렇긴 하지만, 저 인간은 자기가 하고 싶은 일이 있으면 반드시 한다고."

차기석이 말을 이었다.

"이번 보양 건에 반대한 업체는 당분간 괴로울 거야."

"그게 무슨 말이야?"

"저기 보이지? 김 기사가 몰딩팀 따라가는 거?"

차기석의 손가락으로 시선을 옮기자, 성훈과 몰딩 사장이 인사하는 모습이 보였다.

"응. 그런데?"

"아무래도 첫 빳다로 몰딩팀을 찍은 모양이구만."

"그게 무슨 말이야?"

차기석이 장난스럽게 웃으며, 박 반장을 끌었다.

"따라가 보자고. 곧 무슨 말인지 알게 될 거야."

58장
스타타워 현장(4)

아직 어느 현장에서도 보양을 하지 않는다.

그런 마인드가 지속되어서는 현장의식이 발전하지 않는다.

'아마. 이곳이 한국에서는 처음으로 완전 보양을 실행하는 현장이 될 거야!'

이제는 보양을 하지 않으면 안 된다.

아니, 그렇게 사람들의 인식이 바뀌어야 한다.

'품질 개선의 첫 스타팅을 끊으려고 하는데, 반대를 하다니.'

사람이 살다 보면…….

유난히 뭔가가 눈에 거슬리는 날이 있다.

'상황이 다르니, 관점도 달라지는 거겠지.'

그리고 왠지 오늘은 몰딩이 눈에 거슬릴 것 같았다. 그것을 확인하기 위해 성훈은 사무실을 나섰다.

'과연 보양이 안 되어 있는데, 흠집 안 간 곳이 있을까?'

그건 현장을 몰라서 하는 소리다.

어떤 제품이 되었든, 현장에 들어오는 순간 흠집이 생긴다. 그걸 막기 위해서는 보양 말고는 답이 없었다.

'흠 있는 자재보다 없는 걸 찾는 게 훨씬 빠를 정도니까.'

그리고 일반인의 눈에 보이지 않는, 흠 찾는 눈썰미로는 현장의 기사를 능가할 사람이 없다.

'그게 현장의 상식이지.'

성훈이 따라오는 것을 보고, 몰딩 사장이 물었다.

"김 기사님, 어디 가시나?"

"몰딩 확인 좀 하려고요."

"우리 몰딩은 왜?"

"어제 미처 확인하지 못한 게 생각나서요."

"그래?"

성훈은 기분이 좋아 보였고, 그에 반해 사장은 떨떠름한 표정이었다.

'도대체 무슨 꿍꿍이야?'

아까 성훈의 의견에 반대를 했었는데, 자신의 제품을 보러 간다고 한다.

당연히 긴장할 수밖에.

내심이야 불쾌하더라도 드러낼 수는 없는 일.

사장이 너스레를 떨었다.

"김 기사. 더운데 고생이 많아. 내 시원한 맥주라도 사들고 왔어야 하는데 말이야."

"나중에 생각나시면, 우리 사무실 밥이나 한번 사주십시오."

"꼭 그러도록 하지."

한참을 걸어가다가 성훈이 말했다.

"사장님. 저 같은 기사들은 말입니다. 현장 다닐 때 눈 감고 다닙니다. 왜 그런지 아십니까?"

"왜 그런 거요?"

"눈 뜨고 다니면, 하자밖에 안 보이거든요. 그럼 공사하는 것보다 뜯는 게 더 많을 텐데, 일이 되겠습니까? 어느 정도 융통성을 발휘할 수밖에 없지요."

"그렇겠군. 현장에는 융통성이 필요한 법이지."

"그런데, 오늘 회의시간에 누가 재미있는 말씀을 하시더라고요."

"……."

"하자가 있으면 교체하겠다고요. 이런 기회가 또 있겠습니까? 공짜로 갈아주겠다는데."

그래서 싱글벙글했던 것인가?

"그 말은……."

"안 그래도 현장에 맘에 안 드는 것투성인데, 몰딩이라도 완전 새 걸로 갈아보려고요."

사장의 미간에 주름이 파였다.

'요 맹랑한 기사가 나를 곯리려고 하는구먼. 새파랗게 어린놈이 감히…….'

그의 생각이 채 끝나기도 전에 성훈의 손이 천장을 가리켰다.

"저기 천장 몰딩 귀퉁이 보이시죠?"

5m나 떨어진 곳에서 몰딩의 뭘 보라는 말인가?

사장과 반장의 눈이 그쪽으로 향했다.

"어!"

5m에서는 분명히 보이지 않았는데, 1m 정도로 다가가니 흠집이 보였다.

'그게 보이나?'

성훈은 거실 가운데 서서 천장 몰딩과 걸레받이 위주로 쓰윽 둘러보더니, 손가락으로 몇 군데를 지적했다.

"저기, 저기, 저기, 저기, 저기. 총 여섯 군데네요."

성훈의 손가락을 따라서 사장과 반장의 눈도 그곳에 초점을 맞췄다. 그리고는 눈이 동그래져서 성훈에게 물었다.

"거기서 이게 보이나?"

성훈이 환하게 웃었다.

"평소에는 눈 감고 다닌다고 했잖아요."

그리고 발걸음을 옮겼다.

"안방으로 가 볼까요?"

사장과 반장이 채 따라 들어가기도 전에 성훈의 목소리가 들려왔다.

"어이쿠. 여기는 좀 많네요. 여덟 군데네요."

"어디? 어디?"

성훈의 손가락이 여덟 군데를 가리켰다.

손가락의 움직임이 경쾌해 보이는 건 느낌 탓이겠지?

"아까는 저런 흠집 안 보였는데."

반장의 꿍얼거리는 소리였다.

제품은 보는 관점에 따라서 하자가 보일 때도 있고, 안 보일 때도 있다.

그리고 보는 사람에 따라서 안 보일 때도 있다.

몰딩 사장이 자기 제품의 하자를 보고 싶겠는가?

옆에서 반장이 소곤거렸다.

"평소에는 눈 감고 다닌다는 말이 거짓말이 아닌 것 같습니다."

그 말에 사장도 고개를 끄덕일 수밖에 없었다.

옆방으로 마저 들어가더니, 한 세대에서만 하자를 20개를 잡아냈다.

거실로 돌아온 성훈이 미소 지었다.

"어떻게 할까요?"

"내 당장 크레용으로 메꿔서 처리……."

반장의 말에 성훈이 한쪽 입꼬리를 올렸다.

'무슨 어림도 없는 소리?'라는 눈빛이었다.

"반장님."

반장이 성훈의 눈치를 살폈다.

"그럴 것 같으면 굳이 뭐하러 제가 여기까지 왔겠습니까? 터치하라고 하면 그만이죠. 안 그래요?"

성훈이 원하는 바는 너무나 완벽했다.

"끙. 교체……?"

"네."

사장이 부리나케 성훈을 말렸다.

"굳이 교체까지 할 필요가 있겠나? 반장 말처럼 터치 몇 번만 하면……."

"사장님."

"왜 그러나?"

"우리가 불량품에 크레용 떡칠한 제품을 받으려고 돈을 지불하는지 아십니까?"

당연히 아니지.

정당한 돈을 지불하고, 갑은 을에게 올바른 제품을 인도받을 권리가 있다. 그것은 갑의 기본적인 권리다.

갑의 일방적인 변심이 아니라면, 계약서에 기록된 권리는 보호되어야 한다.

사장이 한발 뒤로 물러섰다.

"그렇기는 하지만, 그래도 현장의 관례라는 것이 있지 않나?"

"그 관례가 갑의 동의하에 진행된다는 것도 아시죠?"

"하지만 지금까지 그렇게 해 왔다네."

사장과 말하는 사이, 반장이 몰딩을 뜯어왔다.

10개가 넘는 몰딩이 바닥에 쌓였다.

사장이 눈짓으로 물었다.

'이거 보수해서 쓸 수 있겠나?'

'쓸 수는 있는데…….'

"전 그거! 인정! 못하겠습니다."

콰직. 콰직.

그들이 보는 눈앞에서 몰딩을 반 토막 냈다.

부서지는 소리에 사장의 가슴도 부서지는 듯했다. 자식처럼 만든 몰딩이 아니던가?

크흑.

성훈이 말했다.

"이런 하자품 재활용하실 생각은 꿈도 꾸지 마시고, 제대로 하자보수 해 주십시오."

새 차라고 인도받았는데, 기스가 나 있다면 그 차를 사고 싶은가?

그러면서 영업사원이 '이런 건 하자가 아닙니다' 하면서 눈앞에서 도료를 뿌려준다면 말이다.

아무리 깔끔하게 티가 안 나게 잘 처리해도 이미 늦은 일이다. 안 봤으면 몰라도, 봤으면 이미 하자다.

품질을 떠나서 기분 문제가 아니던가?

하지만 사장의 생각은 달랐던 것 같다.

"김 기사. 이 사람아. 이건 너무 하지 않나?"

반장이 흥분한 사장의 손목을 끌었다.

"김 기사. 사장님 하고 잠시 얘기 좀 했으면 하는데, 괜찮을까?"

성훈이 웃으며 말했다.

"네. 알았어요. 교체할 것은 표시해 둘게요."

안쪽 주머니에서 검정 매직을 꺼내 들었다.

그걸 본 반장의 얼굴이 찌그러졌다.

'젠장. 그렇게 그냥 보양하자니까, 고집을 세워가지고. 저거 지워지지도 않을 텐데.'

당연하지.

애초에 지울 수 있는 표시는 하지도 않는다.

복도에서 상황을 지켜보던 박 반장이 물었다.

"저 몰딩 사장은 왜 저렇게 눈치가 없대?"

"그럴 수밖에 없지. 원래 있던 업체가 아니지 않나."

"그랬나?"

"오늘 회의에서 업체들이 왜 성훈의 의견에 찬성을 했겠나? 보양이 하고 싶어서?"

그 말에 박 반장이 고개를 저었다.

제 돈 나가는 일을 좋아하는 사람이 누가 있던가?

"그러고 보니, 반대를 했던 업체들은 다들 새로 들어온 업체들이군."

"그렇지. 아직 현장 분위기에 적응을 못 한 거지. 이런 일이 생길까 봐 넌지시 눈치를 줬는데도, 못 알아먹더군. 쯧쯧."

차기석의 말처럼, 천장 몰딩 업체가 들어온 경위는 다른 업체들과는 경우가 좀 달랐다.

진 소장이 있을 당시의 몰딩 업체는 제조업체가 아니라, 중간마진만을 먹는 유통 업체였다.

물론 그 사장은 진 소장의 친척이었다.

성훈의 입장에서는 굳이 중간 마진을 취하는 업체는 필요가 없었기에, 그 회사를 잘라버렸고, 몰딩 제조업체와 다이렉트로 계약을 맺었다. 물론 시공업체는 그대로 두었다.

시공업체 또한 계약자가 원제조업체로 바뀐 것뿐이었다.

결국 현장 내부적으로는 전혀 변화가 없었고, 제품 공급처만 바뀐 것뿐이었다. 가격만 저렴해진 동일한 제품으로 말이다.

성훈의 지적질을 보고는 차기석이 말을 이었다.

"꺄! 저 인간, 귀신같이 잡아내는 것 봐라."

"야? 저게 보인데?"

"그러니까 귀신같다는 거지. 저 거리면 보이지도 않을 텐데. 독수리네. 독수리!"

"어이구. 나온다."

부리나케 복도 건너편 공실로 숨었다.

반장이 답답한 마음을 털어놓았다.

"사장님. 이대로 가다가는 이 현장에 남아나는 몰딩이 하나도 없겠습니다."

"하지만, 저건 너무 하잖나?"

"그럼 틀린 점을 지적하며 반박하셨어야죠."

"그건……."

반장이 혀를 찼다.

'반박할 게 있을 리가 있나?'

고지식한 사람만큼 말 안 통하는 것도 없다.

사장의 머리가 지끈지끈 아파왔다.

"정석만 말하는데, 반박할 게 없죠."

"그래도, 지금까지 해 온 관례가 있는데."

"문제는 김 기사 눈이 너무 높은 데다가, 귀신처럼 하자를 찾아낸다는 겁니다."

"쩝. 하기는 내 눈에는 보이지도 않는 하자를 저렇게 찾아 내다니, 그건 나도 할 말이 없군."

반장이 사장을 설득하기 시작했다.

"방법은 하나뿐입니다."

"뭔가?"

"시공하자마자, 흠집을 즉시 터치해 버리고, 그 자리에서 바로 보양하는 겁니다. 안 그러면 현장에서 발생하는 흠집을 막을 수가 없어요."

"그게 당연한 거야. 현장에서 저 정도 흠집도 없는 곳이 어디 있나? 공사 끝나고 터치하면 되는 거지."

"그건 지금까지 해 왔던 방식이죠."

현장을 진행할 때는 정신없이 진행한다.

'깨어지든 긁히든, 마지막에 터치하면 돼! 일단 공기만 줄이자!' 하는 마음가짐으로 말이다.

타 공종에 피해 끼치는 것을 미안해하지 않는다.

그렇게 서두르다가 빠뜨린 공종들에 대해서는 나중에 땜빵을 할 것이다.

사장이 난감한 표정을 지었다.

"돈 좀 집어줄까?"

"어디서 그런 말도 안 되는 소리를?"

반장이 소스라치게 놀라며, 손사래를 쳤다.

김 기사에게 돈 먹이려다 쫓겨난 사람이 한둘이 아니었다.

"그럼 소장한테 전화를 해볼까? 적당히 말려주지 않을까?"

반장이 고개를 숙이며 헛웃음을 흘렸다.

"해 봐야 소용도 없습니다."

"그게 무슨 소린가? 현장에서는 소장이 대장인데."

전화를 빼 드는 사장을 반장이 막았다.

"사장님께서 현장 상황을 몰라서 그런 말씀을 하시는 겁니다. 다른 현장에서는 소장이 대장일지 몰라도, 이 현장은 다릅니다."

반장이 설명을 시작했다. 진 소장이 어떻게 잘려나갔고, 당신이 어떻게 업체로 참여할 수 있었는지를 말이다.

"그러면 어떻게 하면 좋겠나?"

"김 기사가 정석대로는 해도, 말 안 되는 억지를 부리진 않아요. 시공하자마자 터치하고 보양해버리면 흠집을 어떻게 찾겠습니까? 설마 보양된 걸 뜯고 확인하지는 않을 것 아닙니까? 안 그렇습니까?"

꼼수이기는 하지만, 지금 상황에서는 그 이상의 방법이 없어 보였다.

"그게 될까?"

"중요한 건 김 기사 눈에 보이지만 않으면 됩니다. 보이지만 않으면 뭐라고 하지 않거든요."

"고로. 보양을 하면?"

"보이지 않죠. 보이지 않으면 흠 잡힐 일도 없게 되는 것이죠."

"하지만 아까 내 입으로 못한다고 말했는데."

망설이는 사장을 반장이 재촉했다.

당장 발등에 불이 떨어진 건 반장이었다.

어제 작업해 놓은 것 중의 반은 뜯어야 할지도 모른다. 지금의 김 기사의 기세로 봐서는 말이다.

"사장님. 체면 찾다가는 본전도 못 찾습니다."

"그래도……."

"상황 따라서 결정에도 변화가 생길 수 있는 것 아닙니까? 잠시 착각했다고 하면 되는 거죠. 이렇게 흠집이 많을 줄 몰랐다고 둘러대세요."

"그래도 될까?"

"네. 김 기사, 그런 소소한 거 신경 쓰는 타입 아닙니다."

"알겠네."

거실로 돌아온 사장이 말했다.

"김 기사. 아까는 내가 생각이 짧았네."

"무슨 말씀이십니까?"

못 알아듣겠다며, 너스레를 떠는 성훈이었다.

"내가 현장을 잘 몰라서 이렇게 하자가 많은 줄 몰랐구먼."

사실이 그랬다. 자신의 눈앞에서 이렇게 많은 하자를 찍어내는 기사도 없었다.

"그래서요?"

"보양을 하겠네. 지금 당장 사람을 투입하겠네."

"비용은 당연히 내실 거죠?"

"그럼. 내야지. 암."

"그럼 그렇게 하시는 걸로 알겠습니다. 그리고 매직으로 표시해 놓은 것은 교체하세요. 그럼 전 믿고 가보겠습니다."

돌아서는 성훈에게 사장이 물었다.

"그런데 어디 가나?"

"네. 다른 곳에 볼일이 있어서요?"

"급한 일이 아니면, 나랑 식사나 하러 가는 게 어떨까?"

"급한 일입니다."

"뭔가?"

"오늘 왠지 샤시가 눈에 걸리적거리거든요."

성훈이 사라지고, 반장이 매직이 칠해진 몰딩을 뜯으며 투덜거렸다.

"그러게. 그냥 하잘 때 했으면, 이럴 일도 없잖습니까? 에휴!"

지켜보던 차기석이 말했다.

"흠. 다음 타깃 샤시인가 보군? 따라가 볼 텐가?"

마루 박 반장이 고개를 흔들었다.

몰딩의 하자를 잡아내는 모습이 남의 일처럼 느껴지지 않았다.

어느 순간 성훈의 눈에 마루가 걸리적거리지 않는다고 누가 장담할 텐가?

"아니……. 난 어서 가서 보양이나 서두르는 게 나을 것 같아."

차기석도 엉덩이를 털며 일어났다.

"나도 그럴 참이었다네. 남 일 같지가 않아."

성훈이 현장사무실로 돌아왔다.

문 차장이 도면을 보다가 성훈을 보고는 말했다.

"성훈 씨. 샤시랑 몰딩팀에서 연통이 왔구먼?"

"뭐라고요?"

"보양비 바로 입금시킨다는디?"

"그래요? 잘 됐네요."

문 차장이 은근히 성훈에게 물었다.

"성훈 씨. 대체 뭔 짓을 한 겨?"

"뭘 어떻게 하긴요. 논리적으로 설득시켰죠."

'허이구! 어지간히 말로 혔겠다.'

문 차장의 기억으로는 성훈이 말로 설득하는 것을 본 적이 없다. 언제나 말보다는 행동이 앞서는 인간이 아니던가?

"엥? 아까 회의시간에는 안 된다고 그렇게 고집을 피우더니, 뭔 변덕이랴?"

"그냥 현장으로 따라가서 왜 보양을 해야만 하는지, 그 이유를 보여줬습니다."

"그랴? 나도 나중에 한 번 써먹어 봐야겠구먼."

문 차장이 고개를 끄덕였다.

속으로는 딴생각을 했지만 말이다.

'또 몰딩 몇 개작살을 내부렀겠구먼. 몰딩팀에서는 그제서야 '어! 뜨거라' 하고 기겁을 혔을 것이고. 나가 자네를 어디하루 이틀 겪어 본 당가? 안 봐도 비디오여! 비디오!'

성훈에 대해서는 누구보다 잘 안다고 자부하는 문 차장의확신이었다.

어쨌거나 이로써 현장의 보양 문제는 해결되었다.

"뭐. 불협화음이 약간 있긴 했었지만, 이 정도면 준수하죠."

"그렇기는 허제. 근디 또 어디 간당가?"

물 한 잔 마시고는 밖으로 나가는 성훈에게 묻는 말이었다.

"이제 보양하는 거 보러 가야죠. 보양을 해 본 경험이 없으실 테니까, 어떻게 하는 게 좋은지도 모를 것 아닙니까?"

"보양 그까짓 거, 대충 골판지로 덮어 놓으면 되제? 무엇이 문제다요?"

성훈이 피식 웃었다.

이런 안일한 생각 때문에 보양에도 허점이 생긴다.

'이왕 할 거면 확실하게 해야 한다고요.'

문 차장의 말에 성훈은 생각을 바꿨다.

'이거 아무래도 작업자들보다는 기사들을 먼저 교육시켜야겠군.'

"보양에도 여러 가지가 있다고요. 골판지를 쓸 곳과 모서리 부분에는 'ㄱ'자 각대를 댈 곳도 있고요. 비닐을 쓸 때도 있고요. 보양이 덮기만 하면 되는 줄 아세요? 잘못 하면 하나마나라고요."

"그랴? 나가 보양을 해 본 적이 없어서 말이여?"

성훈이 차장의 손을 잡았다.

"그럼 차장님도 따라오세요."

"나는 왜?"

"저 혼자 현장을 다 돌라고요? 차장님도 하는 거 보고 지시하셔야 할 것 아닙니까?"

문 차장이 마지못해 자리에서 일어났다.

'아이고. 나는 언제나 요 입이 방정이여, 방정.'

가만히 있었으면 에어컨 빵빵한 사무실에서 사무를 볼 수 있었는데 말이다.

"아, 반장님. 좀 쉬어가며 합시다. 예?"

마루 작업자의 불평에 박 반장이 호통을 쳤다.

"지금 옆 세대에서 몰딩팀이 일하고 있는데, 그런 말이 나와? 엉?"

지금 마루 팀은 사흘째 쉴 틈 없이 일하고 있었다. 물론 야근을 하면서 말이다.

물론 일을 잘 못해서 잔업을 한다면 할 말도 없겠지만, 며칠 전부터 마루 팀의 작업 속도는 다른 현장에서의 그것에 비교하면 세 배나 빨랐다.

시공이란 일한 만큼 가져가는 것.

노임도 세 배를 가져갈 수 있다는 말이었다.

"반년만 이렇게 일해도 금방 부자 되겠구만."

처음에는 모두 얼굴에 웃음꽃이 피어 있었다.

"대목이 별거여? 이런 일이 있으면 대목이지?"

모두의 공통된 생각이었다.

일솜씨가 늘어서 속도가 빨라졌냐고?

하루아침에 손재주가 좋아지던가?

그 이유는 현장에 있었다.

속도가 날 수밖에 없게끔 현장이 되어 있었다.

"아따. 깨끗하다."

현장에 들어서는 순간, 입에서 절로 나오는 말이다.

마루의 특성상, 세대 내의 쓰레기를 치워야 한다.

그런데 이 현장에는 청소가 필요 없다.

들어가는 순간접착제를 뿌리고 작업을 할 수 있도록 현장 정리가 되어 있었다.

이것저것 군더더기 없이 딱 마루 작업을 할 수 있게 되어 있는데, 무슨 말이 더 필요한가?

더군다나 한 번도 선공정이 지연을 한 적이 없다. 가 보면 아무것도 없다.

함박웃음을 지은 박 반장의 평은 이랬다.

"이건 딱 들어가자마자 아무 생각 없이 마루만 깔고 나오라는 소리구만."

함께 작업을 하러 들어온 작업자들의 얼굴에도 웃음이 나올 수밖에.

"간만에 일할 맛이 나네."

하루 종일, 야근까지 불사하며 미친 듯이 일했다.

그날 그들은 평소에 하던 일의 세 배를 할 수 있었다.

그럴 수밖에 없는 것이, 버려지는 시간이 없으니, 그것들을 모두 작업으로 돌릴 수 있었다.

현장에서 가장 시간을 잡아먹는 것이 이동시간이다. 선공정이 덜 되어 있거나 들어갈 상황이 아니면 다음 세대로 건너가야 한다.

그것도 여의치 못할 때는 일할 곳을 찾아다녀야 한다.

'일하러 왔는데 놀고 있을 수는 없잖아?'

그렇게 몇 군데를 돌아다니다 보면 일할 시간의 절반 이상을 까먹게 된다.

그렇게 사흘 동안 미친 듯이 일하다가, 박 반장은 어느 순간 깨달았다.

'후속 공정이 걸레받이였어.'

그 말은 즉, 몰딩팀에 뒤를 쫓기고 있다는 것이었다.

그와 동시에 자신의 선 공종들이 했던 일을 자신들이 해야 한다는 것도 더불어 깨달았다.

'일이 뒤통수를 쫓아온다는 게 얼마나 무서운 일인지 그때 처음 알았어.'

일이란 다다익선이라 생각하고 살았지만, 지금은 공포였다.

박 반장이 망치질을 하며 중얼거렸다.

"몰딩 뜯으면서, 도배가 손가락 빨면 가만 안 두겠다고 말할 때 눈치를 챘어야 하는데."

공종이 지연되면, 염라대왕 같은 김 기사가 직접 관리에 들어간다는 것을 그때 직감했다. 하지만 그걸 깨달았을 때는 몰딩팀이 바로 자신의 엉덩이 뒤를 쫓아 왔을 때였다.

몰딩 반장을 찾아가 너스레를 떨었다.

"어이. 몰딩 반장. 날도 더운데, 좀 천천히 하자고!"

그러나 몰딩 반장은 아주 난감한 표정을 지었다.

"나도 쉬고 싶지."

"그럼 쉬면 되지, 뭐가 문제야?"

옆집을 흘낏거리며 말을 이었다.

"팔자 좋은 소리 하지 마. 내 궁둥이에 불붙었어."

몰딩 다음 세대에서 도배팀이 일하고 있었다.

그 세대에서 투덜거리는 소리가 들려왔다.

"반장. 좀 천천히 합시다."

그때 누군가의 호통 소리가 들려왔다.

아마 도배 반장이라 추측되었다.

"미친 소리 하지 말어. 우리 뒤에 바로 전기팀 따라오고 있어! 김 기사 호출받고 싶어? 말할 시간 있으면 닥치고 일이나 해!"

그게 바로 어제의 일이었다.

'그때부터는 레이스였지. 레이스!'

잠시라도 긴장을 늦췄다가는 몰딩이 복도에서 손가락을 빨고 있을 것이고. 그 모습을 김 기사가 보면 가만히 있을까?

'어떻게 맞춰 놓은 공정인데, 마루에서 빵꾸를 내냐고 생지랄을 하겠지.'

이유 있는 지랄에는 변명도 못 한다.

돈이고 지랄이고 심장이 쫄깃해서 일을 못 하겠네. 난생처음 일에 쫓기는 박 반장이었다.

꼬리에 꼬리를 무는 일이 자신의 뒤를 쫓고 있다.

'즐기면서 일하라고? 지랄들을 하고 앉았네.'

일을 즐기는 것은 즐길 여유가 있는 사람들의 말이다.

'염라대왕 앞에서는 그런 여유 따윈 있어도 금방 사라진다고.'

저 인간이 노는 꼴을 못 보는 인간이거든.

지금, 그 염라대왕이 현장을 지켜보고 있었다.

결국 박 반장이 목소리를 높였다.

"아. 좀! 김 기사. 다른 데는 일이 없소? 여기만 붙어 있게?"

스쳐 지나가다 곁눈질로 하자를 찍어내는 인간인데, 그런 인간이 바로 등 뒤에서 작업을 보고 있다고 해보라.

어찌 등골이 오싹하지 않으랴?

지금 작업자들의 머리를 스치는 공통적인 생각!

'보고 있는 데서 흠 잡히면 앞으로 계속 따라다닐지도 몰라!'

작업자들의 손길에 정성이 듬뿍 들어가 있었다.

그들의 성의 어린 손길을 보며, 박 반장의 미간에 주름이 생겼다.

'이것들아. 내가 있을 때 그렇게 좀 해 봐라.'

마루 작업이 끝나고 보양의 시간이 왔다.

재빠른 손놀림으로 골판지를 깔고, 테이프를 붙였다.

쉬엄쉬엄?

그럴 여유 없다.

옆 세대에서 고함 소리가 들린다.

"거기 보양 꼼꼼하게 안 해!"

몰딩 반장의 목소리다.

성훈에게 들으라는 듯, 목소리가 우렁차다.

저들과 동선이 겹치는 순간, 마루는 성훈에게 요주의 대상
이 될 것이다.

대충대충?

그런 거, 아예 이 현장에는 그런 단어가 없다.

그럼에도 성훈의 지적이 이어졌다.

"거기, 틈새 제대로 붙이세요!"

"아. 김 기사. 여기 틈이 어디 있어?"

성훈이 구석을 가리키며 말했다.

"거기 모서리, 틈 있잖아요. 안 보이세요?"

뜨끔한 작업자가 투덜거렸다.

"아니! 거기까지 보양을 하라는 말이요?"

성훈이 지적하는 부분은 마루 끝에서 걸레받이 몰딩이 이
어지는 구간이었다. 3㎝도 되지 않는 작은 공간이었다.

박 반장이 작업자 편을 들고 나섰다.

일로도 쪼이는데, 보양으로도 쪼여서야 사람이 살 수가 없
으리라.

"김 기사! 거기는 몰딩팀에서 해도 되는 거 아냐?"

박 반장의 말에도 성훈은 추호의 양보가 없었다.

"안 돼요! 마루에서 책임질 부분은 확실하게 책임을 지세
요. 마루 보양 잘한다고 남 좋은 일입니까? 마루 좋으라고
하는 말이지."

말이야 맞는 말이지만, 맞는 말도 듣기 싫을 때가 있는 법.

"아 참. 그 사람 까탈스럽기는."

작업자가 꿍얼거렸지만, 박 반장의 눈총에 골판지를 덧댔다.

"김 기사가 시키면 군소리 말고 해. 뭔가 생각이 있겠지."

보양이 끝나고 작업자들이 다음 세대로 건너갔다.

작업자가 없는 틈에, 박 반장이 넌지시 물었다.

"김 기사, 너무 과민반응 보이는 거 아녀?"

너무 과한 지적은 작업자의 반발을 불러일으킨다.

맞는 말이라고 해도 결국 이유를 납득하지 못하면 잔소리로밖에 안 들리지 않던가?

"아닙니다. 그게 보양의 기본입니다. 여기서 미루고 저기서 미루다 보면 결국 보양은 의미가 없어져요. 자신의 제품은 자신이 책임을 진다는 생각으로 하세요. 나중에 다른 공종에 욕먹지 마시고."

그 말에 박 반장이 어깨를 으쓱였다.

"에이. 욕먹을 일이 뭐가 있다고."

성훈이 입맛을 다시며, 문 차장에게 물었다.

"차장님. 저기 스크래치 가면 어떻게 해야 하죠?"

"흠……. 저그는 모서리니께, 일단은 걸레받이를 뜯어야겄제."

"걸레받이를 뜯으려면요?"

문 차장도 웃으며 성훈에게 장단을 맞췄다.

이해하지 못한다면 설명할 수밖에.

작은 흠집이 불러오는 대형 참사를 말이다.

"걸레받이 해체하게끔 도배장이를 불러야제."

"이런데도 욕 안 먹을 자신 있으세요?"

현장은 항상 연계되어 있다.

단일 공종으로 끝나는 곳이 없다는 말이다.

욕실장처럼 마지막에 부착하는 단품이 아니라면.

"저 흠집 하나 때문에 세 공종이 움직인다면 아무래도 수지 타산이 안 맞죠."

성훈의 말에 박 반장은 씁쓰름한 표정을 지었다.

"내가 생각이 짧았구먼."

"다른 공종이랑 엮이는 부분이 아니라면, 저도 그렇게 간섭하지 않아요. 현장에는 불필요한 곳에 사람이 투입되는 순간 손해잖아요."

박 반장도 옆 세대로 건너가고 문 차장이 슬쩍 물었다.

"박 반장 말도 일리가 있네 그려. 나가 보기에도 쬐매 빡신 거 같기는 헌디?"

"기준을 잡는 기간입니다. 기준을 어중간하면, 작업자들이 경각심을 갖지 않게 된다고요. 실수를 해서 피해를 보더라도 다른 공종에 피해를 끼치지는 않아야 할 것 아닙니까?"

문 차장도 고개를 끄덕였다.

"알겠구만. 작업자들에게 확실히 주지시킬 테니 걱정 놓으셔잉.”

이제 보양에 대해서는 한시름을 놓아도 될 것이다.

문 차장도 꼼꼼할 때는 무척이나 시어머니처럼 구니까 말이다.

“김 기사, 이거 어떻게 해?”

작업을 하다 보면, 도면대로 하는 데도, 약간 난감한 경우가 생길 때가 있다.

보통의 경우에는 공종의 순서대로 진행을 하지만, 예상하지 못하는 보수공사를 하게 될 때는 공정이 꼬일 때가 있었다.

성훈이 입을 삐죽이며 생각을 하고 있었다.

누가 먼저 시공하고 뒤따라가든, 큰 문제가 없겠지만, 최후의 마무리를 생각하면 지금 결정을 잘해야 했다.

‘이런 공사가 한 번만 나오지는 않을 거란 말이지.’

다음에 또 이런 경우가 생기면 그때는 각 공종이 스스로 판단할 수 있도록, 지금 그 순서와 기준을 잘 잡아줘야 했다.

“흠. 어떻게 하는 게 제일 좋을까?”

치직.

ㅡ김성훈 기사! 즉시 1503호로 와주게나.

진 소장의 후임으로 온 박 소장의 목소리였다.

무전에 답을 하려 하자, 마루 박 반장이 성훈을 붙들었다.

"김 기사 어딜 가려고? 지금 결정을 내려줘야, 작업 진행을 하지."

"안 가요. 잠시만 기다려 봐요."

답은 해 줘야 소장도 답답하지 않을 것 아닌가?

기준 없이 진행되는 공사는 결국 하자를 부르고, 마지막에는 땜빵 공사를 할 수밖에 없게 된다.

성훈이 무전기를 들었다.

"지금 급하게 샘플 잡아보고 결정을 내려야 합니다. 정말 급한 일이 아니라면 30분만 시간을 주시면 안 되겠습니까?"

하지만 소장 쪽에서도 약간 난감한 모양이었다.

─흠흠. 김 기사. 귀빈이 방문하셨는데, 흠흠. 잠시만 들러 주면 안 되겠나? 그 현장으로 다른 기사를 대신 보내겠네.

'이걸 어쩐다?'

박 소장은 좋은 사람이었다.

적어도 성훈이 보기에는 그랬다.

이번에 몇몇 업체가 보양 건에 대해 반대를 할 때도 그 업체들을 설득하기도 했으며, 그 결재에 대해서도 아무런 군소리를 하지 않았다. 오히려 깔끔하게 마무리해 보라며 비용도 넉넉하게 책정해 주었다.

그런 박 소장이 마른기침을 여러 번 하는 것으로 봐서는 그도 상당히 곤란한 모습이었다.

'그렇게 내 뒤를 봐 주는데, 곤란하게 하는 것도 경우가 아니겠지.'

"네. 그럼 알겠습니다. 즉시 가겠습니다."

박 반장을 돌아보며 말했다.

"다른 기사 금방 올 거예요. 일단 마루가 선시공하는 걸로 샘플을 잡으세요. 좀 있다가 와서 바로 결정내릴 테니까, 그 동안 기사하고 디테일을 의논하세요. 문제가 생길 것 같으면 바로 무전하는 것 잊지 마시고요."

박 반장이 마뜩잖은 듯 중얼거렸다.

"김 기사랑 말하는 게 제일 빠른데."

"일단 그렇게 진행하세요. 귀빈이 왔다는데, 안 가면 소장 님이 곤란해지실 거라고요."

"그럼 어쩔 수 없지. 얼른 다녀오라고."

성훈은 달리는 걸음에 박차를 가했다.

'바빠 죽겠구먼. 누가 왔는지 몰라도, 대단한 사람이 아니 기만 해 봐.'

"시장님. 이번 도시개발 정책, 시민들의 반응이 상당히 호 의적이더군요."

"그런가? 허허허."

정치인에게 지지율이 오른다는 말보다 더 좋은 칭찬이 어디 있으랴?

시장의 얼굴에 웃음꽃이 피었다.

정책을 하나하나 발표할 때마다, 시민들의 박수 소리가 들리는 것 같아서 하루하루가 즐거웠다.

"아참. 그리고 저희 현장에 관심 가져 주셔서 감사합니다."

"응? 그게 무슨 말이야?"

시장이 고개를 갸웃하자, 사장이 설명했다.

"신문 기사에 신 도심지를 관통하는 도로가 우리 현장 바로 옆을 지나간다고 났잖습니까?"

"아하. 그거? 그건 성훈이 녀석한테 고맙다고 해. 나도 나중에 알았으니까."

"네? 성훈이가요?"

거기서 안전모가 왜 나온다는 말인가?

현재건설 사장의 의아한 물음에 시장이 너털웃음을 터뜨렸다.

"그거. 그놈이 기자들 불러서 브리핑하면서, 그렇게 쓰라고 시킨 거야."

"아. 그렇습니까?"

"나도 왜 그런가 했는데, 알고 보니 이 현장의 원설계자가 그 녀석이더군. 여우 같은 녀석! 허허."

"아! 시장님께서는 모르셨습니까?"

"응. 난 감쪽같이 몰랐지 뭐야. 한 교수가 말해 줘서 알았어. 어쩐지 그놈이 그쪽으로 도로를 내야 한다고 빠득빠득 우기길래, 뭔가 이유가 있겠거니 했는데, 지 거라고 그렇게 챙긴 줄은 꿈에도 몰랐지."

"마음에 안 드셨으면 하지 말라고 하셨으면 되었을 것 아닙니까?"

그보다는 성훈이 무슨 경위로 울산시 개발 계획에 발언권을 가지게 되었는지가 더 궁금했다.

자신이 직접 말한다고 해도 들을까 말까 한 시장을 움직였다니 말이다.

'거 참. 신통방통한 놈일세.'

"녀석이 그러더군. 이왕 개발 계획을 진행할 거라면 기존의 것들도 최대한 써먹어야 할 것 아니냐고? 울산에 왔을 때, 가장 먼저 보이는 건물이니, 당연히 메인 도로도 그쪽으로 뚫어야 한다고 말이야."

일리 있는 말이었기에 사장도 고개를 끄덕였다.

"틀린 말도 아니고 해서. 그러자고 했지."

어쨌든 시장의 말로 가늠해 봤을 때, 시의 정책을 좌지우지할 정도의 영향력이 있다는 것만은 분명한 사실이었다.

'흠. 안전모 그놈. 확실히 탐나는 놈이야!'

"제법 똘똘한 놈이지 않아?"

"네. 저도 처음 봤을 때부터 그렇게 생각했습니다."

시장이 고개를 갸우뚱하며 물었다.

"원래 알고 있던 녀석인가?"

사장의 입꼬리가 올라갔다.

"이런저런 인연이 있었지요."

시장이 입매를 모으며 말했다.

"하지만 녀석은 내가 눈독을 들였다네. 건드리지 않는 게 좋을 걸세."

"네? 성훈 군이 정치에 뜻이 있답니까?"

"흐흐. 뜻이 없어도 생길 수밖에 없을 거야."

사장의 미간이 좁혀졌다.

'녀석은 정치 쪽으로 전혀 관심이 없을 텐데?'

필요해서 이용하면 하겠지만, 시장처럼 본격적으로 정치에 뛰어들 생각은 전혀 없다는 것이 그와 김 비서의 공통적인 의견이었다.

'그보다 누가 억지로 시킨다고 할 녀석인가?'

사장은 고개를 절레절레 흔들었다.

'맘에 안 든다고 깽판이나 안 놓으면 다행이게.'

혼자 고개를 주억거리는 사장에게 시장이 물었다.

"항상 달고 다니던 비서 녀석은 어딜 갔나?"

"네. 울산에 온 김에 왕 비서님을 만나 봬야겠다고 갔습니다."

"흠. 그래? 심심하겠어. 허허허. 셋째 놈 들어온다면서 언제쯤인가?"

둘이 이런저런 사담을 나누는 사이, 복도에서 워커화 소리가 들렸다.

아래에서 뛰어 올라오는 듯했다.

쿵쾅쿵쾅.

두세 계단을 한 번에 뛰어오르는 듯, 넓은 보폭 소리였다.

"벌써 오는 건가? 빠르군."

"젊다는 거겠지요. 시장님."

발소리에 소장이 고개를 숙이며 말했다.

"잠시만 기다려 주십시오. 제가 데리고 들어오겠습니다. 사장님."

"그러게나."

복도에서 성훈의 투덜거리는 소리가 들렸다.

"무슨 일이세요. 소장님?"

"쉿!"

박 소장이 검지를 입술에 대며 소리를 죽였다.

성훈이 헐떡이며 물었다.

"대체 누군데, 오라 가라 하는 거예요? 바빠 죽겠는데."

소장이 낮은 목소리로 윽박질렀다.

"어허. 이 친구야. 말 조심해. 말 조심."

성훈의 투덜거림이 귀빈들이 있는 곳까지 들릴까 싶어 소장의 가슴이 조마조마했다.

"사실이 그렇잖아요. 그분들이야 현장 한번 구경삼아 둘러보면 끝인지 몰라도, 우리는 아니거든요."

중간에 일의 흐름이 끊어지면 그것을 되찾는데도 시간이 걸린다.

혹여 그 와중에 공정의 속도가 꼬여서 후속공정이 선공종을 앞지르기라도 하면 전체 공정 진행에 차질이 생길 수밖에 없었다.

"들어가 보면 알아. 항상 말조심하고. 높은 사람들한테 잘 보여서 나쁠 일 없잖아. 녀석아."

삼촌 연배인 박 소장이 성훈을 걱정하며 타박했다.

실제로도 성훈을 귀여워하는 모습이 많았기에, 성훈과의 사이도 좋은 편이었다.

"알았어요. 걱정 마세요. 들어가시죠!"

안으로 들어서자 익숙한 얼굴이 손을 흔들었다.

"오! 성훈 군. 오랜만일세."

시장이었다.

지지율이 높아져서인지, 신수가 훤해진 모습으로 성훈에게 인사를 건넸다.

마주 보고 인사하려는 순간, 성훈의 미간이 확 구겨졌다.

"시장님. 담뱃불 끄세요."

장소가 장소이니만큼, 고운 말이 나갈 수 없었다.

현장 내 흡연 구역을 제외하고는 절대 금연이었으니까.

박 소장에게 눈치를 줬다.

'못 피게 하지, 뭐하셨어요!'

소장이 눈을 부라리며 대응했다.

'자식아. 시장이라고. 시장!'

시장은 응당 건방지다며 화를 낼 줄 알았는데, 그러기는커녕, 담배를 들고 흔들던 손을 황급히 내렸다.

옆에 있던 사장도 어이없다는 표정을 지었다.

시장이 머쓱하게 웃으며 말했다.

"하하. 금연이었나? 진즉 말을 하지 그랬어?"

시장의 변명에 사장과 소장의 눈도 동그래졌다.

'이 현장에서는 안전모와 금연은 기본이라고! 귀가 닳도록 얘기했더니. 뭐가 어쩌고 어째?'

특히나 사장은 안전모로 인한 추억이 있기에, 특별히 주의하며 들어오지 않았던가?

황급히 담배를 바닥에 버리고 끄려고 하는 시장에게 성훈이 짜증을 부렸다.

"아. 쫌. 시장님! 내가 저러니까, 현장에서 담배 피우지 말라는 건데. 거기가 담배 끄는 뎁니까? 나가서 복도에서 끄고 들어오세요."

시장 보좌관이 허겁지겁 담배를 받아들고 밖으로 뛰어 나갔다.

성훈이 바닥 보양을 위해 골판지가 깔린, 깨끗한 바닥을 가리키며 말했다.

"시장님은, 거기 보양해 놓은 거 보시고도 담배를 피우고 싶으세요?"

마지막 말은 거의 핀잔에 가까웠다.

그 말에 소장은 숨이 멎는 듯했다.

'김성훈, 네 이놈! 미친 거냐? 그 사람이 누군지 알아. 시장이라고, 시장!'

알면서도 저런 행동을 하니, 소장 입장에서는 더 미치고 환장할 수밖에!

'아이고. 속 터져! 사장님이 방문하신 것도 긴장돼 죽겠구먼. 시장까지 와서는.'

현장에서 마음에 들지 않는 것이 있으면 바로 지적을 한다는 것을 알기에, 방금 그렇게 성훈에게 단단히 주의를 준 것이건만.

일을 크게 만들지 않으려면 먼저 사과하는 것이 상책이었다.

"죄송합니다. 시장님. 우리 김 기사가 성격이 급해서. 용서해 주십시오."

소장이 정중히 고개를 숙이며 사과했다.

'혼 좀 내야겠군. 내가 한 시간 전에 얘기를 했냐? 10분 전에 얘기를 했냐? 5초 전에 주의를 줬는데……. 크흑.'

앞으로 얼마나 준공검사 때 고생을 해야 할지 생각하면, 눈앞이 캄캄해지는 박 소장이었다.

'아무리 공사를 잘해 놓으면 뭐하나, 이 핑계 저 핑계로

준공허가를 늦추면 애를 먹는 것은 우린데. 아우. 저 녀석을 그냥?'

가슴에서 뭐가 훅 치고 올라오는 느낌이었다.

눈앞의 시장이 누구던가?

'스타타워'가 지어지는 울산의 지존이 아니던가? 그의 비위를 거스르면 준공허가는 상당한 난관을 거쳐야 할 것이다.

박 소장의 마음을 아는지 모르는지, 성훈이 말했다.

"소장님이 무슨 잘못이 있다고 사과를 하세요? 잘못은 시장님이 하신 거라고요. 현장에서 금연은 상식이라고요. 안 그래요? 시장님. 들어오는 입구에 크게 써 뒀을 텐데요."

이번에는 건설사장의 얼굴에 주름이 패였다.

성훈이야, 현장실습을 오기 전에 시청에 살다시피 하면서 시장과 매일 토론을 하는 사이였기에 스스럼이 없었지만, 둘 사이를 모르는 사람은 속이 얼마나 타겠는가?

토론이라기보다는 성훈은 설득하고, 시장은 설득당하는 관계였어도 친한 것은 사실이었다.

"시청에서도 흡연 구역에서만 피라고 몇 번이나 말씀드렸 잖아요!"

시장이 능글맞은 웃음을 지으며 성훈에게 다가가 엉덩이를 툭 쳤다.

"어허. 이 친구. 오랜만에 봤는데, 그렇게 마누라처럼 잔소리만 할 거야?"

둘이 하는 모습이 하루 이틀의 관계가 아닌 것으로 보였다.

사장과 소장이 가슴을 쓸어내렸다.

적어도 이 상황으로 인해 피해를 보지는 않을 거라는 생각이 들었기 때문이었다.

그리고 궁금증이 생겼다.

'도대체 둘이 무슨 사이야?'

정책에 대한 의견을 교환한다고 해서 저렇게 친밀한 관계가 만들어질 수 있다는 말인가?

'우리가 모르는 뭔가가 있구먼.'

보좌관이 나서서 무례하다고 할 만한데도 가만히 있는 것도 이상했다.

성훈이 대수롭지 않게 답했다.

"잔소리할 만하니까 하는 거죠. 그런데 여기는 뭐하러 오셨어요?"

시장은 능글맞은 웃음으로 답했다.

"꼭 이유가 있어야 하는 거냐? 우리 사이에?"

'우리 사이? 이 양반이 지금 사이를 들먹이면서 나를 공으로 써먹으려고?'

이 정도면 속이 훤히 보이지 않는가?

'너구리 같은 영감탱이!'

차라리 대놓고 속을 드러내니 편하다. 뒤로 호박씨 까는 것보다야 훨씬 더 믿을 만하지 않은가?

"시장님이 아무 이유 없이 움직일 정도로 한가한 분으로 보이지는 않아 보입니다만."

"울산시장이 울산을 도는데, 이유는 무슨?"

치직.

―김 기사. 아직 볼일 안 끝났어? 얼른 와. 귀빈들한테 인사만 하고 온다면서?

뒤에서 투덜거리는 소리도 들렸다.

―오늘 공정 맞추려면 죽을 둥 살 둥 해도 시간이 부족한 판에, 귀빈인지 쓰잘데기없는 것들이 와서는 우리 김 기사를 데리고 가고 그랴?

분명히 송신 버튼을 누른 채 투덜거리는 거였다.

―아따. 이 양반들이, 나가 성훈 씨만 부르라고 했제, 워째 그딴 헛소리를 하고 자빠졌당가?

문 차장이 무전기를 빼앗는 모양이었다.

'문 차장도 거기 와 있는 모양이네.'

―아따. 답답허네. 그럼 문 차장님이 무전 때려서 오라고 하셔!

―뭔 소리당가? 누구 욕을 먹일라고. 나는 싫당게.

소장의 얼굴에 먹구름이 드리웠다.

'귀빈인지 뭔지 라니. 큭. 저것들이…….'

소장의 얼굴이 더 검어지기 전에 무전기를 꺼버렸다.

"저 바쁜 거 보이시죠? 말 돌리지 마시고 용건만 말씀하세요. 아니면 일 끝날 때까지 기다리시든가?"

"김 기사. 어허. 말조심."

내 입을 막으며, 소장이 연거푸 죄송하다는 말을 해댔다.

시장이 너털웃음을 터뜨리며 제지했다.

"냅두쇼. 녀석 버릇없는 건, 내가 알고 있으니."

다른 사람에게는 귀빈일지언정, 내게 시장은 귀찮은 존재였다.

'그것도 아주아주 귀찮지.'

비록 내 목적을 위해 시작한 거였지만, 힘들어 보여서 호의를 보였더니, 아주 두고두고 빨아먹으려고 하네.

시장이 나를 좋아하고 위한다는 것은 안다.

하지만.

'내 생각과 방향이 다르면 귀찮을 뿐이라고. 정치는 무슨 정치! 꿈도 꾸지 마. 이 양반아.'

누가 그러지 않았던가?

평양 감사도 저 하기 싫으면 안 한다고.

"더 하실 말씀 없으시면, 저 갑니다."

시장이 내 손을 잡으며 너스레를 떨었다.

"커흠. 전화를 해도 받지를 않으니, 직접 온 거잖나. 안 그래?"

내 인상이 팍 찌그러졌다.

"제가 거기서 할 일은 끝났으니까 그렇죠. 한 교수도 있잖아요. 이제 한 교수하고 상의하세요."

정치인들 특기가 적반하장이었던가?

되레 내게 으름장을 놓으며, 나를 달랬다.

"성훈이 너 이 녀석! 남자가 칼을 뽑았으면 끝을 봐야지. 저렇게 내팽개치고 가도 되는 거냐?"

시장 수법 다 아는데, 그게 위협이라도 되랴?

"내팽개치다뇨. 초안까지 다 잡아주고 왔는데."

"그러니까 하는 말이야. 초안만 딸랑 잡아주고는 얼굴도 한 번 안 비치더라. 전화도 안 받고 말이야. 너무한 거 아니냐?"

'이 양반아. 그거 해준 것도 어딘데!'

여러 인재가 모여 자기들의 의견을 내놓으니, 그들의 의견을 하나로 모을 필요가 있었고, 그 과정에서 초안을 잡는 일을 했을 뿐이다.

오히려 급하게 초안을 마무리 지은 감도 없지 않았다.

'어쩔 수 없잖아. 시장이 옆에서 눈에 불을 켜고 결과를 내놓으라 닦달하는데. 윽! 또 생각나네.'

난 정치인들 특기가 번갯불로 두부 만드는 건 줄 그때 알았다.

콩도 안 삶았는데, 두부 내놓으라는 것은 어인 행패인가?

계획이라는 것도 숙성의 기간이 필요한 건데, 그걸 다짜고짜 내놓으라고 하면 누가 좋아할까?

여러모로 시장은 트러블 메이커였다.

그러니 모아놓은 건축가들이 시장만 다가가면 은근슬쩍 자리를 피할 정도였고, 시장을 전담 마크하는 일은 당연히 내 차지가 되었다.

한 교수도 몸서리를 칠 정도였다.

"성훈아. 제발 저 양반 좀, 연구실에 못 오게 해라. 심장
쫄린다."

초안을 잡고 시청을 나오면서 시장에게 말했다.

"여기서부터는 완전 전문가의 영역이니까, 아무 소리도
하지 마세요. 건네준 스케줄 그대로 진행할 거니까, 어떻게
잘 발표할지만 신경 쓰세요."

그리고 이렇게 덧붙였다.

"여기서 하나라도 더 보태면, 그 일정 다 어그러지니까,
책임지세요."라고.

"문제가 있습니까?"

"내가 뭐가 문제인지 알겠나? 어쨌거나 연구원들이 성훈
이, 너만 찾는다고. 뭐 그리 바쁜지 안 오냐고 해서 내가 데
리러 왔지."

저건 허풍이다.

능글맞은 웃음이 걸려 있으니 더더욱 확실하다.

문제가 있었으면 한 교수에게서 벌써 연락이 왔을 테고.
무엇보다도 모든 트러블의 시발점은 시장이었다.

이 말은 시장이 없으면 문제도 없다는 말이었다.

'하긴 시장의 설레발이 있었기에, 그 사람들의 마음을 하

나로 모을 수 있었지만.'

수십 명의 젊은 건축가가 시장에게 휘둘릴 때, 나와 한 교수는 각자의 포지션을 확실히 챙겼다.

나는 막고, 한 교수는 케어하고.

그런 최상의 결과를 만들었던 것은 누가 뭐래도 시장이라는 일등공신이 있었기에 가능했다.

"한 교수님은 아무 말씀 안 하시던데요?"

"당연하지. 하기 싫다는데 억지로 데려오면 분탕질밖에 안 일으킬 거라고 하더구나."

그걸 알면서 왔단 말이야?

"하지만 네가 그럴 리가 없잖나. 안 그래? 네가 그렇게 신경을 쓰던 일인데, 자기 손으로 망치지는 않을 거 아니냐?"

'흥. 하나만 알고 둘은 모르시는군. 일은 안 망쳐도, 그렇게 만든 사람을 골탕 먹일 수는 있다고!'

능글맞게 웃는 얼굴로 내게 싱글거렸다.

처음에는 근엄한 척하더니, 속내를 나눈 뒤로는 사람을 엄청나게 귀찮게 하는 위인이었다.

결국 문제는 없다는 말이군.

"유치원은 어떻게 되어 가고 있어요?"

한동안 '스타타워'에만 몰두하다 보니, 바깥세상이 어떻게 굴러가는지 모르고 있었다.

"거기. 난리도 아니다."

'엥? 난리?'

"유치원이라고 지어놨는데, 건축가들이 몰려와서 견학을 하겠다고 해서 말이야. 내 동생이 좋아서 비명을 지르고 있지. 절로 홍보가 된다고 싱글벙글이야."

하긴 건축 잡지에도 이름이 실리고, TV에도 몇 번 나왔다는 얘기를 들었다.

이제 현장으로 돌아가야 할 시간이었다.

시장에게 물었다.

"한 교수님이 다른 말씀은 없으셨고요?"

보좌관의 은근한 귀띔에 시장이 생각났다는 듯 말했다.

"한 교수가 항만은 어떻게 할 거냐고 묻던데?"

"그건 한동신 씨에게 전적으로 일임하라고 하세요."

"엥? 한동신은 왜?"

그 사람이 'AECOM'에 있을 때, 항만설계로 실력을 인정받았거든.

'지금 당장이야, 상황이 달라서 그만큼의 수준은 안 된다고 해도.'

썩어도 준치라는 말이 괜히 있을까?

원래 그럴 역량이 되었다는 말이고, 그걸 거기에서 터뜨렸다는 거지. 여기서 안 될 사람이었다면 거기서도 성공하지 못했을 것이다.

'아차. 말을 해줄 거면 완전히 해줘야지.'

"아! 그리고 한동신 씨한테는 미국 샌프란시스코 항을 모티브로 삼으라고 하세요."

"뭐?"

"그냥 그렇게 말씀하시면 알아요."

시장은 무슨 말인지 모르지만, 고개를 끄덕였다.

그거 설명하려고 하면 한나절이다.

예전에 말했잖나.

건축가들은 일반인들과 쓰는 언어가 다르다고.

그러면 이 정도만 말해도 뭐가 필요한지 알아들을 것이다.

너무 자세한 설명은 창의력이 생겨날 여지를 막아버릴 뿐이니까.

시장에게 말했다.

"저 진짜 갑니다. 가도 되죠?"

시장이 사장에게 물었다.

"그래도 되지? 자네는 따로 할 말이라도 있나?"

시장이 동행을 보며, 눈을 끔뻑거린다.

그에겐 장난기 어린 행동이라지만, 다른 사람에게도 장난이랴?

'말을 하라는 말이야, 말라는 말이야?'

동행은 멋쩍은 웃음을 지었다.

"없습니다. 시장님. 저는 다음에 또 오죠."

"그럼! 울산은 내가 있으니까 염려하지 말게. 성 사장, 자네는 어여 서울이나 올라가라고."

너스레를 떨더니, 돌아서는 나를 다시 불렀다.

"아 참. 성훈아."

"네. 시장님."

"내기는 잊지 않았지?"

"네? 내기요?"

"요놈 봐라. 벌써 잊었단 말이야? 월드컵 8강!"

"아! 그게 왜요?"

"잊지 마라. 이긴 사람 부탁 들어주기로 한 거."

시장의 말을 듣고 웃음이 나왔다.

"네. 네. 안 잊고 있으니까, 걱정 마세요."

그 내기의 결과가 나왔을 때, 시장의 얼굴이 어떻게 변할
지가 궁금했다.

'여차하면 내가 붉은 악마 응원단장이라도 해야 하는 건가?'

이런 쓸데없는 생각이 들었을 뿐이다.

음주·가무 능한 한국인이 응원이라고 딸리랴?

믿는다. 붉은 악마!

그들에게 인사하고 돌아서며 무전기를 켰다.

왔을 때 그랬던 것처럼 계단을 뛰어 내려갔다.

쿵쾅쿵쾅.

내려가면서 시장의 동행을 떠올렸다.

'얼굴을 본 기억이 있는데, 누구더라?'

치직.

―사람들 기다린다니까. 얼른 좀 오셔.

무전기 소음이 귀를 어지럽히면서, 만났던 장소가 얼핏 떠오를 듯하다가 금방 다시 사라졌다.

'시장과 같이 있었으니, 시청에서 봤던 사람인가 보지.'

상념을 지우며 무전기를 들었다.

"지금 거의 다 왔으니까, 재촉하지 마세요. 네?"

시장이 자꾸 친한 척을 한다.

'목적이야 뻔하지. 같이 하자는 것.'

그에게서 몇 번이나 들은 말이다.

'정치권으로 간다고 건축 일을 못 할까?'

하고자 하는 마음만 있다면 뭐든지 가능하겠지.

모로 가도 서울만 가면 되는데, 뭐 때문에 못한다고 하면, 그건 내 입장에서 봤을 때는 핑계에 불과하다.

'죽은 사람도 과거로 돌아가는 판에 불가능이 무슨 말이야?'

하지만 나는 건축의 길로 가고 싶다.

성 사장이 물었다.

"시장님. 그냥 하라고 시키시면 되지. 뭐 그렇게 일을 어렵게 하십니까?"

"말도 마. 저거 완전 말이야. 그것도 성질이 드러운 말."

성 사장이 연유를 물었다.

"내가 안 했겠어? 한 교수한테 지시를 내려놨더니, 쪼르르 쫓아와서는 자기 설계에 전시행정 따위는 없다면서, 되레 내게 엄포를 놓지 않겠나? 다 박살 내 버릴 거라면서 말이야."

"쫓아버리면 되지 않습니까?"

시장이 헛웃음을 쳤다.

"그건 자네가 몰라서 하는 말이야. 우리 도시계획 연구소, 다 저놈이 만든 거야."

"그렇습니까?"

"그러고는 놈이 그러더군. '제가 원하는 건 결과물이고, 시장님이 원하는 건 그에 대한 성과입니다. 가만히 계시면 최고의 성과를 안겨 드릴 테니, 실무는 건드리지 말아주세요' 라고 말이야."

"그래서 어떻게 됐습니까?"

"나 지금 지지율 최곤데 몰랐어?"

시장이 웃으며 자랑을 했다.

"시장 선거는 당연한 거고. 전국에서도 이 정도 지지율이라면, 대통령 나가도 돼!"

다음 시장 선거의 승리를 확신하는 그를 보며, 사장도 할 말을 잃었다.

가만히 있으라고 했고, 말한 것처럼 결과를 던져주는데,

건드려서 불똥 튀기는 건 바보가 하는 짓이니까.

"그럼 여기 오실 이유도 없는 거 아닙니까?"

그 말에 시장은 의미심장한 미소를 지었다.

성훈과 했었던 정치적인 이야기를 풀어놓을 이유가 어디 있으랴.

보물은 혼자만 가지고 있어야 보물인 법!

"시장으로 만족한다면 그렇겠지."

몇 번의 국회의원을 거쳐서 울산의 초대 민선 시장이 되었으니, 정치인으로서 도전할 것은 하나밖에 없었다.

대선!

시장이 성 사장의 등을 치며, 능글맞게 웃었다.

"성 사장. 자네만 알고 있으라고."

"네. 시장님."

시장이 말을 이었다.

"곧 녀석은 나와 함께 일하게 될 테니까. 엄한 데 눈독 들이지 말라는 말이지."

'안전모는 분명히 정치에 관심이 없어 보였는데, 어거지로 될 것 같았으면, 내가 먼저 데리고 왔지.'

성 사장이 물었다.

"시장님께서는 저 녀석이 왜 시장님 밑으로 들어가리라고 확신하십니까?"

"허허허. 그건 말이야."

눈으로 되묻는 성 사장에게 말했다.

"저 녀석이 터무니없는 내기를 걸더라고?

"뭡니까?"

"이번 월드컵에서 우리나라가 8강 안에 들어간다고 말이야."

"네? 그런 터무니없는."

누가 봐도 그것은 터무니가 없었다.

우리나라 최고 기록은 16강.

8강의 벽은 너무 높았고, 불가능으로 보였다.

"녀석이 그런 내기를 걸었다고요?"

"내기는 내가 걸은 거지! 녀석은 받아들였고. 난 절대로 8강은 못 간다고 했거든. 내가 축구 도사 아닌가?"

승산 없는 싸움을 받아줄 녀석이 아니기에, 성 사장은 그 이유를 물었다.

"붉은 악마가 있기 때문이라나. 고작 응원단 몇 때문에 선수들의 실력이 늘 수는 없지 않은가? 물론 사기 진작은 그렇다고 치더라도 말이야. 안 그래? 허허허."

"그렇군요. 저도 어이가 없습니다."

성 사장이 딴 곳을 바라보며, 고개를 끄덕였다.

'빈말할 녀석은 아니고. 응원단에 지원이나 푸짐하게 해줘야겠군.'

내가 못 가진다면 다른 사람도 못 가져야 속이 시원한 법이다.

"성 사장. 그런 눈으로 보지 말라고."

"제가 뭘 어쨌다고요?"

"다 저놈 좋으라고 하는 말이야."

그는 성훈이 사라진 곳을 보며 말을 이었다.

"물론 건축 외길로 가는 게 나쁘다는 말은 아니야. 녀석 정도면 어떤 방식으로든 원하는 결과를 만들어 낼 거라고 확신하네."

"그렇겠지요. 싹수가 있는 놈이니까요."

"하지만 한국에서 뭔가를 하려고 하면, 금숟가락 물고 태어나지 않은 이상은 어려워. 알지?"

힐끗 쳐다보는 시장을 보며 머쓱하게 웃었다.

"저야. 뭐……."

"그렇게 태어나지 않은 바에야, 정치를 하는 것도 괜찮은 판단이지. 건축 혁명을 한다고 치세. 그걸 정치판에서 못할 이유가 어디 있겠나?"

그는 성훈의 정치 인생을 확신하는 듯, 여유만만하게 웃었다.

"볼일 끝났으니, 성 사장도 가 봐야지?"

"네. 저도 이제 움직여야지요. 다음에 또 뵙겠습니다."

to be continued